시이노키 마음 클리닉

구보 미스미 연작소설
이소담 옮김

시이노키 마음 클리닉

은행나무

차 례

캠벨 수프 캔

얇은 차광 커튼 너머로 4월 봄날의 일요일 풍경이 펼쳐진 것을 알면서도 나는 커튼을 젖히지 못한다. 어젯밤에도 거의 잠을 자지 못했다. 어렴풋이 졸음이 몰려오면 얕게 잠드는데, 얼마 지나지 않아 다시 깬다. 요즘은 항상 이렇다. 몸이 너무 나른하다. 아까부터 화장실에 가야 한다고 생각은 하는데, 몸을 일으키는 것도 괴롭다. 내가 생각해도 몸 어디가 이상한 건 알겠는데, 열도 없고 배가 아프지도 않다. 그저 몸이 너무 나른하고 머리가 무겁고 어깨도 결려서 힘들다.

일주일에 네 번 하는 아르바이트 때문일까, 이런 생각을 하며 간신히 몸을 뒤척였다.

벽에 귀를 가까이 했다. 우리 집은 야마노테선 중앙에 있는 대학교에서 JR과 민영 철도를 갈아타고 약 40분, 다시 역에서 걸어서 15분 걸리는 벽 얇은 원룸 맨션이다. 아슬아슬하게 도쿄 23구 안에 들어가는데, 주변에는 밭도 있고 잡목림도 있다. 처음 이사 왔을 무렵에는 옆집에서 알람 시계 소리가 들려서 놀랐다. 그래도 옆집 사람(한두 마디 나눴을 뿐이지만 우리 대학보다 몇 단계는 똑똑한 사람이 가는 대학의 사회학부를 다니는 여자이면서 역시 나처럼 올봄에 상경한 사람)이 내는 생활 소음, 예를 들어 텔레비전 소리나 설거지 소리가 들리면 혼자 이 동네에 와 있는 내 마음이 무척 편해지는 것은 사실이다. 오늘은 여자뿐 아니라 남자 목소리도 들렸다. 사귀는 남자려나, 좋겠다…… 라는 생각이 들었고, 그녀가 나보다도 빠른 속도로 이 동네에 적응하는 것에 너무도 초조해졌다. 갑자기 목소리가 끊겼다. 나도 모르게 벽에 귀를 댈 뻔했는데, 너무 천박한 짓인 것만 같아 베개를 머리 위에 덮었다.

고향에서 대학에 다니면 좋겠다는 엄마를 설득해서 도쿄에 있는 대학에 입학하기까지 쉽지 않았다. 어쨌든 우리 집은 이혼 가정이라 엄마와 나, 단둘이다. 나도 엄마 곁을 떠나는 건 쓸쓸했다. 그래도 고향의 대학에는 내가 가고 싶은 학부가 없었다. 성적도 한참 부족했다. 옷과 패션 공부를 할수 있는 의류의상학과가 있는 대학에 진학하고 싶었다. 대학을 졸업하면 도쿄에서 어패럴 관련 일자리를 찾겠다. 그게 내 꿈이었다. 생활비는 최소한으로 보조받고 나머지는 아르바이트로 어떻게든 충당하겠다는 조건을 걸어 엄마에게 허락받기까지 시간도 꽤 걸렸다.

작년 여름이 생각났다. 오픈 캠퍼스에 참여하러 왔을 때는 정말 즐거웠다. 교수님도, 선배님도 멋있고 예쁘고 다정했다. 도쿄 길거리도 반짝반짝 빛났다. 그런데 지금 나는 이동네에 있어서 마음이 너무도 괴롭다.

식욕이 전혀 없었다. 어젯밤에도 어떻게든 힘내서 우동 반 그릇을 입에 반강제로 넣은 것이나 마찬가지였다. 하지만 먹지 않으면 쓰러질지도 모른다. 내일은 아르바이트도 있다. 뭔가 먹어야 한다고 비틀비틀 일어났으나 계속 누워 있었던 탓인지 현기증을 느꼈다. 그래도 슬금슬금 부엌으로 걸어갔다. 본가에서 보낸 택배 상자가 싱크대 앞에 한심하게 입을 벌린 채 있었다. 이쪽 마트에서도 살 수 있는 즉석 식품이나 통조림…… 신문지로 싼 채소만큼은 도착한 날에 간신히 냉장고 채소칸에 옮겼지만 이미 다 시들었을 것이다. 택배 전표는 붙여놓았다. 엄마 글씨를 거기 그대로 남겨

두고 싶었다. 시노하라 미오 님이라고 적힌 글자를 볼 때마다 시야에 얇은 막이 드리운다. 빨간 캠벨 수프 캔 하나를 들어 뚜껑을 따 내용물을 냄비로 옮겼다. 물을 붓고 약한 불로 천천히 데웠다. 이 수프, 엄마가 일하느라 바쁠 때 자주 먹었다고 생각하며 냄비에서 데워지는 수프를 바라보았다.

우묵한 그릇에 수프를 담아 한 입 먹었다. 그러나 전혀 식욕이 없었다. 그래도 먹어야 하니까 한 숟갈, 또 한 숟갈, 천천히 입으로 가져갔다. 옆집 여자와 남자의 들뜬 목소리가 또 들려왔다. 부엌 바닥에 주저앉아 그릇을 부둥켜안듯이 들고 울상을 지은 채 수프를 먹는 내가 견딜 수 없이 한심했다. 정말로 나는 이 도쿄에서 외톨이구나, 이런 생각이 들어 눈물 한 방울이 수프로 떨어졌다.

딩동, 라인(LINE) 알림 소리가 들렸다. 나는 수프가 거의 고스란히 남은 그릇을 싱크대에 내려놓고, 텔레비전 앞 러그 위에 던져놓은 스마트폰을 손에 들었다. 중·고등학교 동창이자 오사카에 있는 대학에 진학한 하루나였다.

'연휴 때 그쪽에 놀러 갈 생각이야!'

뭐라고 대답할지 고민하는데, 다시 폴짝폴짝 춤추는 곰 이모티콘이 날아왔다.

'과제가 안 끝나서……'

몇 번이나 고쳐 쓴 끝에 그렇게 보냈다. 태도 참 별로라고 스스로 생각하면서.

'그럼 여름방학이네! 그때 기대할게!'

나도 미안하다고 고개를 숙이는 토끼 이모티콘을 보냈다. 하루나에게서 더는 연락이 없었다. 생각 전환이 빠른 하루나답다는 생각이 들었는데, 거짓말을 적어 보낸 것에 갑자기 죄책감이 솟구쳤다. 과제는 거짓말이다. 학교에는 벌써 일주일이나 가지 않았다. 아르바이트만큼은 집에서 거의 기듯이 나가서 쉬지 않고 가지만, 그때 말고는 이 집에서 나가지 않는다. 솔직히 말하면, 아르바이트하는 날 외에는 씻지도 않고 옷도 갈아입지 않고 그냥 침대 위에서 뒹굴기나 할 뿐이다.

러그 위에 누워 인스타그램에 들어갔다. 나처럼 도쿄로 진학한 친구들의 사진은 전부 반짝이고 즐거워 보였다. 내 인스타그램은 입학식 때 엄마와 같이 찍은 사진 외에 업데이트가 없었다. 사진 같은 건 찍을 마음도 들지 않았다. 그 정도로, 도쿄에 온 후의 내 생활은 세탁기 돌아가는 것처럼 경황없었다.

시험을 치르기 전부터 여대인 건 알았지만, 입학하기 전에는 여자들만 있는 공간이 이렇게 힘들 줄 몰랐다. 동기 모두 TV에 나오는 사람들 같았다. 다들 세련되고 예쁘고, 옷차림이나 화장에 빈틈이 없었다. 첫 오리엔테이션 때부터 나는 완전히 주눅 들고 말았다. 나는 힘껏 멋을 부렸는데 뭔가가, 어딘가가 달랐다. 동기 모두가 나보다 연상으로 보였다.

강의실에 들어갈 때마다 내 옷차림이나 화장을 위에서부터 아래로 살펴보는 시선을 느낀 것이 언제부터였더라. 옆 사람과 귓속말로 속닥속닥하면 내 이야기를 하는 것 같아서 마음이 아팠다. 패션 센스나 메이크업 방식에 문제가 있는지 고민하기 시작한 나는 식비를 한계까지 줄여 옷과 화장품에 돈을 퍼부었다. 비싼 옷은 사지 못했지만. 나름대로 멋을 부렸어도 "그 옷 귀엽다! 어디에서 샀니?" 같은 말을 해주는 동기는 없었다. 딱 한 명, "어디 출신이야?"라고 물어서 고향을 말했더니 스마트폰을 한 손에 들고 "아항" 하고 흥미 없다는 듯이 대꾸한 동기가 있었을 뿐이다.

이 대학의 부속 고등학교에서 그대로 진학한 학생도 많아서 벌써 자연스럽게 그룹이 생겼다.

원래 나는 남에게 적극적으로 말을 거는 성격도 아니다. 따질 것도 없이 애초에 타고나기를 내향적인 성격이다. 중학생 때도, 고등학생 때도 그렇게 매일 즐겁게 지낸 것은 사교적이고 쾌활한 하루나가 있었던 덕분이다.

즐거워 보이는 동기들을 곁눈질하며 혼자 홀에서 점심(거의 매일 직접 만든 주먹밥)을 먹으면서도 여기 하루나가 있었으면 좋겠다고 생각하는 날이 늘어갔다. 중·고등학생 시절 여름방학에 즐겼던 불꽃 축제, 운동회, 문화제, 수학여행…… 전부 다 즐겁기만 했었다.

러그 위에 무릎을 안고 앉아 스마트폰 사진 폴더를 열었다. 어느 사진이든 내 옆에는 육상부 활동을 하느라 까맣게 볕에 탄 하루나가 입을 활짝 벌리고 웃고 있다. 이때는 아무것도 두렵지 않았다. 이럴 줄 알았다면 하루나를 쫓아 오사카의 대학에 갈 걸 그랬다.

"도쿄 대학? 부럽다! 그래도 미오, 혼자서 정말 괜찮겠어?"

하루나가 물었을 때 "당연히 괜찮지!"라고 대답한 나 자신이 지금은 아득히 멀다.

하나도 괜찮지 않았어, 라고 하루나에게 말하는 것도 꺼려진다. 생각해보면 여태까지 내 인생은, 초등학생 때 부모님의 이혼이 충격이었어도, 그 이외에는 줄곧 굴곡이 없었다. 하루나가 늘 곁에 있었으니까. 그렇게 생각하자 다시 눈물이 났다. 라인 알림이 또 왔다. 엄마였다.

'밥 잘 먹고 있니?' 늘 똑같은 메시지다.

'물론!' 내 대답도 다르지 않다.

내 희망을 받아들여 도쿄에 보내준 엄마에게는 무슨 일이 있어도 폐를 끼치기 싫었다. 내일부터는 학교에 가야겠다고 생각하며 '엄마도 건강 잘 챙겨요!' 하고 토독토독 메시지를 입력했다.

그대로 멍하니 시간을 보냈더니 어느새 밤이었다. 내일을 위해 일찍 자야 하지만, 낮잠을 자기도 해선지 전혀 잠이 오지 않았다. 어두운 천장을 바라보는데 문득 '병든 인간'이라는 단어가 떠올랐다. 그리 좋은 말은 아니다. 고등학생 때 누군가를 그런 말로 험담하는 걸 들은 적 있다. 그런 소리를 들은 친구는 등교 거부로 학교에 거의 오지 않는 여학생이었다. 어라, 혹시 지금 나도 완벽하게 '병든 인간' 아닌가? 그런 생각이 들자 갑자기 겁이 났다. 이대로 집에 틀어박히게 되면 어쩌지. 만약 이 집에서 한 발짝도 나가지 못하게 되면…… . 정신을 차리자 내 입에서 으앙, 으앙, 하고 어린애 같은 울음소리가 흘러나오고 있었다. 틀림없이 옆집 여자한테 들리겠다고 생각하면서도 나는 울음을 멈추지 못했다.

결국 다음 날인 월요일에도 학교에는 못 갔고, 오후 3시부터인 아르바이트에 갈 준비를 시작했다. 이런 소리를 하면 사장님인 준(純) 씨는 불쾌할지도 모르는데, 아르바이트하러 갈 때는 반짝반짝 꾸미지 않아도 된다. 일단 세수하고 선크림만 바른 뒤, 위에는 회색 맨투맨 셔츠와 아래는 청바지라는, 고향에 있을 때와 똑같은 차림으로 거의 기듯이 집에서 나왔다. 아르바이트까지 쉬면 생활조차 꾸리지 못한다. 이런 것도 못 하게 되면 나는 끝장이라고 생각했다.

준 씨의 가게는 우리 맨션과 지하철역 사이에 있다. 하루 나에게는 카페에서 아르바이트한다고 알려서 '멋있잖아!'라는 메시지를 받았지만, 그것도 거짓말이다. 정확히 따지면 카페가 아니다. '찻집 준'이라는, 마치 과거의 유산(遺産) 같은 고풍스러운 찻집이다. 2층짜리 벽돌집인데, 다음에 큰 지진이 나면 틀림없이 위험하겠다 싶게 오래된 건물로, 외벽에는 관리하지 않은 담쟁이덩굴이 종횡무진 기어다닌다. 왜 이런 곳에서 아르바이트를 시작했는가 하면, 내가 일하고 싶었던 어패럴 숍들에 지원했다가 전부 떨어졌으니까. 내가 얼빠졌기 때문에, 세련되고 반짝거리지 않기 때문에 떨어졌다고 생각하자, 또 머리 위에 무거운 솥을 뒤집어쓴 듯한 기분이 들었다.

준 씨의 정확한 나이는 모르겠는데, 아마 우리 엄마와 비슷할 것이다. 흰머리가 섞인 짧은 머리에 테가 빨간 노안경을 썼다. 하얀색 버튼다운 셔츠와 청바지에 베이지색 앞치마를 둘렀다. 그 옷차림 외의 준 씨를 본 적 없다. 아버지에게서 가게를 물려받았다는데, 준 씨에게 직접 들은 것은 아니어서 정확하게는 모르나, 손님의 이야기에서 미루어보면, 여기는 원래 준 씨의 아버지가 경영했던 찻집이고 아버지가 돌아가신 후에 준 씨가 뒤를 이은 것 같다. 또 준 씨는 독신이고 자식은 없는데, 아주 오래전에 이혼한 듯하다.

직원실에서 준 씨와 같은 앞치마를 두르고 타임카드를 찍었다.

"잘 부탁드립니다."

준 씨에게 인사하고 바로 일을 시작했다. 일 자체는 별로 어렵지 않다. 커피는 준 씨가 만드니까 나는 물과 커피를 서빙하고 테이블을 닦고 계산하고 화장실 청소를 하면 된다. 일을 마치고 집에 가면 옷에 커피 냄새가 배어 있다. 원래대로라면 신주쿠나 시부야의 어패럴 숍에서 새로 나온 여름옷을 손님에게 권했을 텐데, 같은 생각을 하면 역시 가슴이 조금 답답해졌다.

단골손님은 내게는 할아버지 할머니 연배인 사람이 많았다. 매일 오는 사람도 많아서, 손님들은 금세 나를 "미오 양, 미오 양" 하고 손녀 대하듯이 불렀다.

얼굴을 보면 "도쿄 생활에 익숙해졌나? 혼자서도 괜찮

고?" 하고 묻기도 했다. 괜찮은지 물으면 "괜찮습니다"라고 대답할 수밖에 없었다. 하지만 그 대답도 거짓말이다. 전혀 괜찮지 않다. 솔직히 말해서 지금 당장 신칸센에 올라타서 본가로 돌아가 엄마를 보고 싶었다. 하지만 그럴 수는 없다. 내가 도쿄에 있는 대학에 보내달라고 부탁했다. 저렴하지 않은 학비와 생활비가 엄마에게 얼마나 부담인지도 안다. 내일은 반드시 학교에 가야겠다고 결심하고 싱크대에 쌓인 컵과 잔을 설거지했다.

갑자기 등에 따뜻한 것이 닿았다. 좁은 카운터에서 뒤를 지나가던 준 씨가 내 등을 손바닥으로 건드린 것을 알아차렸다.

준 씨가 "밥 잘 먹고 있어?"라고 물었다.

"네" 하고 대답했으나, 식욕이 전혀 없어서 어제 딴 캠벨 수프 남은 것을 한두 입 먹었을 뿐이었다.

"무리해서 다이어트 같은 거 하면 안 돼!"

준 씨에게 혼난 적은 거의 없는데, 이럴 때 준 씨는 박력 넘쳐서 무섭다.

나는 "안 해요, 안 해요" 하고 힘없이 웃으며 계속 일했다.

준 씨의 가게에서 아르바이트하는 단 한 가지 매력(이라고 말하면 실례지만)은 밥을 제공해주는 것이었다. 덕분에 한 끼 식비가 들지 않아서 고마웠다. 미트소스 스파게티나 햄버그 샌드위치 등 전부 내가 좋아하는 음식이었다. 아르바이트를 시작했을 무렵에는 실제로 몸무게가 2킬로그램 늘었을 정도였다. 그러나 요즘은 그렇게 좋아하던 준 씨의 요리도 남길 때가 많아졌다. 전부 먹어야 한다고 생각하는데 위가 받아들이지 않았다.

오늘 메뉴는 믹스 샌드위치인데, 평소보다 양이 많았다. 햄이나 달걀뿐 아니라 채소도 손님에게 제공하는 것보다 훨씬 꽉 차게 들어 있었다. 채소도 먹으라는, 준 씨 나름의 배려인 걸 알지만, 양상추와 오이가 입안에서 씹히기만 하고 목을 넘어가지 않는다. 샌드위치 절반을 종이 냅킨에 싸는데 직원실 문이 열렸다. 준 씨가 고개를 들이밀었다. 들켰다는 생각이 들었다.

"죄송해요! 지금 배가 불러서 남은 건 집에서 먹을게요."

변명하면서, 만들어준 준 씨에게 죄송하다는 기분에 휩싸였다. 집에서 먹겠다는 건 거짓말이다. 이 샌드위치는 아마도 우리 집 쓰레기통에 들어갈 것이다.

"죄송합니다, 죄송합니다……."

울 생각이 없었는데 자연스럽게 눈물이 났다.

"배가 부르면 괜찮아. 나중에 먹어도 돼. 하지만 미오 씨……."

준 씨가 직원실 문을 닫고 그 앞에 섰다.

"연애라든가, 설마…… 임신이라든가, 그런 고민은 아니지?"

"아니에요!" 부르짖듯이 그렇게 말했다.

"말해도 되는 이야기라면 뭐든 들어줄게. 울기까지 하다니 무슨 일이야?"

준 씨가 티슈 상자를 건네주었다. 나는 흥, 코를 풀고 고개를 숙였다.

"아무 일도 없어요. 괜찮아요." 나는 반복해서 말했다. "일도 제대로 할게요. 괜찮습니다."

"미오 씨는 잘해주잖아, 무슨 일이든지. 나야말로 미오 씨가 그만두면 다음 아르바이트생을 못 찾을 거야. 이런 가게니까."

가게 문이 열리는 소리가 났다. 준 씨가 직원실 문을 열고 "어서 오세요" 하고 외쳤다.

"오늘은 조금 일찍 퇴근해도 돼. 잘 먹고 잘 자야 해."

"네……."

준 씨에게는 그렇게 대답했으나, 그날도 역시 평소 끝나는 시간까지 일했다. 아르바이트조차 남들 하는 만큼 못 하면 망한 인간이 된 것 같아서 싫었다. 손님에게 물을 서빙하러 갔다가 문득 고개를 들어 창밖을 봤는데, 나와 비슷한 나이의 세련된 여자 둘이 수다를 떨며 나란히 걸어갔다. 좋겠다, 즐거워 보여……. 나도 내일은 학교에 가야 한다. 무슨 일이 있어도 가야 해. 그렇게 생각하며 손님이 떠난 테이블을 닦았다.

그러나 역시 학교에는 가지 못했다. 교재를 가방에 넣었다. 화장도 했다. 자기 전에 몇 시간이나 걸려서 고른 옷을 입었다. 전철을 타고 학교에 갔다. 그러나 그다음이 무리였다. 강의실에 들어갔을 때 쏠리는 모두의 시선을 견디지 못할 것 같았다. 집에 돌아와 침대에 엎어져서 울었다. 도대체 내 몸은 뭐가 어떻게 된 걸까. 내가 나를 도무지 모르겠다. 이대로 학교에 못 가면 인생이 끝장난 거나 마찬가지다. 그 정도로 내 심정은 궁지에 몰릴 대로 몰렸다.

그 전까지는 짧은 시간이라도 졸음이 왔는데, 이제는 밤이 되어도 전혀 잠이 오지 않았다. 새벽쯤 되어 신문 배달원의 오토바이 소리가 다가오면 아주 잠깐 잠들었다. 그러나 그뿐이었다. 학교에는 가지 못하고 아르바이트만 계속했다.

아르바이트 중에는 지금까지 한 적 없는 실수를 거듭해 준 씨에게 혼나기도 했다. 아르바이트도 제대로 못 하면 나는 인간 실격이다. 실수하지 말 것, 실수하지 말 것. 어금니를 악물고 일하니까 아르바이트를 마치면 턱이 아팠다.

연휴에도 며칠간 아르바이트를 했을 뿐, 원룸 맨션의 집에 혼자 있으면서 아무와도 만나지 않았다. 아니, 원래 도쿄에도 학교에도 친구라고 부를 만한 존재는 없지만.

한밤중에 천장을 응시하다 보면 눈물이 줄줄 흘렀다. 마치 수도꼭지를 튼 것처럼. 자꾸만 휴지로 닦는 바람에 눈물이 지나간 피부가 거칠어졌다. 그래도 며칠이나 화장을 안 했으니까 상관있겠나 싶었다. 내가 예쁘게 하고 있든 말든 누가 보는 것도 아니다. 아무도 봐주지 않는 나. 세련되지 않은 나. 반짝이지 않는 나. 도쿄라는 이 도시에 있을 가치가 있을까……. 생각이 같은 지점에서 꾸불꾸불 맴돌기만 한다. 자는 건지 깨어 있는지 모르는 시간이 늘었다. 이대로 내가 망가지는 것 같아서 두려웠다. 그걸 인정하는 것도 두려웠다.

깜박깜박 졸았더니 날짜 감각도 어렴풋해졌다.

도대체 언제부터 똑같은 자세로 있었을까, 하고 생각하면서 깬 것 같기도 하고 잠든 것 같기도 한 신기한 감각이 이어졌다. 커튼 너머는 밝으니까 아침이겠다고 생각한 그 순간, 스마트폰의 라인 알림이 울렸다. 준 씨였다.

'오늘 아르바이트 잊은 거 아니야?'

"!"

'당장 갈게요!' 하고 답을 보냈다. 아르바이트만큼은 반드시 가려고 했는데. 어제도 그제도 목욕하지 않았다. 욕조에 들어갈 기력도 없었다. 냄새가 나지 않나, 옷소매를 킁킁거렸다. 그런 내가 한심했다. 거의 달음박질해서 서둘러 가게로 갔다. 문을 열고 들어가 카운터 안에 선 준 씨에게 달려갔다. 숨이 찼다. 어깨로 숨을 쉬며 말했다.

"죄송합니다! 제가 멍하게 있다가 깜박해서. 바로 준비할게요."

"잠깐, 잠깐, 잠깐만."

얼른 직원실로 가려는 내 팔을 붙잡고 준 씨가 카운터 자리에 앉으라고 했다. 가게 안쪽에 처음 보는 부부가 있을 뿐이라 붐비지 않았다.

"미오 씨, 일단 잠깐 거기 앉아봐."

준 씨에게 혼날 줄 알았다. 아르바이트도 잘릴 것이다. 반짝반짝은커녕 망해버린 인간이라는 소리가 들리는 것 같았다. 고개를 푹 떨군 채 준 씨의 말을 기다렸다. 세수도 하지 않았다. 거울을 보지 않아서 모르겠는데, 머리카락이 잔뜩 눌리고 뻗쳤겠지. 아르바이트를 처음 시작했을 때, 화장은 안 해도 되니까 무조건 청결하게 해달라던 준 씨의 말이 생각났다. 아르바이트에 가는 날을 깜박하고 몸단장도 제대로 못 하는 나는 대체…….

"우선 이거 좀 느긋하게 마셔. 오늘은 일 안 해도 돼. 보다시피 손님도 없으니까."

그러면서 준 씨가 내 앞에 아이스 코코아를 놓았다. 코코아 위에 앙증맞게 올라간 생크림과 초록색 민트 잎을 보는데 어째서인지 또 눈물이 줄줄 흘렀다. 아무리 해도 눈물을 조절하지 못하겠다.

"밥, 요즘 못 먹지? 미오 씨는 아마 모를 수도 있는데, 최근 너무 말랐어."

대답 없는 내게 준 씨가 작은 종이를 쓱 내밀었다. 내려다봤다. '심료내과* 시이노키 마음 클리닉'이라는 글자가 눈에 들어왔다.

"저는 아프지 않아요!" 나도 모르게 외쳤다. 안쪽에 앉은 부부가 무슨 일인가 하고 이쪽을 보았다. 준 씨가 고개를 숙이고 그 손님들에게 웃어 보였다.

---

* 신경증이나 심신증을 진료하는 심신의학.

"그래도 미오 씨, 얼마나 못 잤어? 눈 밑에 다크서클 심한 거 알아?"

그런 말을 들을 정도로 내 얼굴이 심각한가 보다고 생각했더니 또 눈물이 났다.

"그렇게 무서운 병원이 아니야. 마음의 감기라는 말, 흔히 하잖아? 몸이 감기에 걸리면 내과에 가지? 마음이 감기에 걸리면 심료내과에 가는 거야. 혼자 가는 게 무섭다면 내가 같이 가줄 테니까. 아르바이트도 한동안 쉬어도 돼."

"……저 잘리는 건가요?"

"아니야, 그게 아니야. 미오 씨가 건강해질 때까지 다른 사람은 고용하지 않을 거야. 안심하고 쉬어도 돼. 다만 조건이 있어. 이 병원에 갈 것. 알겠어?"

떨떠름하게 고개를 끄덕였다.

"지금 전화해서 예약할 테니까. 꼭 가야 해."

그러더니 준 씨가 가게 전화기로 클리닉에 전화를 걸었다.

"내일 오후 3시, 괜찮아?"

어린애처럼 고개를 끄덕이고 축 처졌다.

준 씨가 통화하면서 눈짓으로 마시라는 신호를 보내서 나는 아이스 코코아를 빨대로 마셨다. 평소에는 맛있다고 생각한 음료인데 오늘은 아무 맛도 안 났다. 역시 나는 어디가 이상하구나, 하고 맛없는 코코아를 마시며 생각했다.

역시 충분하게는 자지 못한 채 다음 날이 왔다. 꾸벅꾸벅 졸다가 눈을 떴을 때는 이미 정오가 지났다. 침대에서 일어나 탁자 위에 놓아둔 종이를 봤다. '심료내과 시이노키 마음 클리닉'이라고 적혀 있다. 준 씨가 보기에도 지금 내가 그렇게 심각한가 싶어 기분이 우울해졌다. 그래도 여기에 가지 않으면 아르바이트도 못 한다. 더군다나 학교에도 가지 못하는 지금 내 생활을 바꾸고 싶었다.

물로 어루만지는 것처럼 얼굴을 씻고, 까만 후드티를 입고 모자를 눈가까지 눌러쓰고 집에서 나왔다. 마음 클리닉에 가는 나를 누가 보는 게 싫었다. 스마트폰 지도 앱을 보며 병원을 찾았다. 준 씨의 가게와는 선로를 사이에 두고 맞은편 정반대 방향에 있었다. 작은 마당이 있는 2층짜리 단독주택은 전혀 병원 같지 않았다. 그 집 문에 '시이노키 마음 클리닉'이라는 나무 간판이 걸려 있지 않았다면 그냥 지나쳤을 것이다.

시간을 들여 간신히 문 앞까지 왔는데 거기서부터는 좀처럼 다리가 움직이지 않았다. 왠지 내가 아주 큰 경계선을 넘어가는 것 같다는 두려움이 들었다. 마음이 병든 여자는 반짝이는 여자의 정반대에 있다. 내 마음이 병들었다고 인정하기 싫었다. 어쩌지…… 하고 생각만 하다가 시간이 흘렀다. 이대로 돌아갈까, 그런 마음이 어른거린 그때, 갑자기 현관문이 열렸다.

준 씨와 비슷한 나이로 보이는 짧은 머리의 여성이 웃는 얼굴로 나왔다. 이 병원의 의사 선생님일까? 그러나 백의가 아니라 가느다란 깅엄체크가 들어간 긴 회색 원피스를 입었다. 맨발에 샌들을 신었다. 붉은 페디큐어가 눈을 자극했다.

"시노하라 씨?" 작은 새가 고개를 갸웃거리는 것처럼 그 사람이 내게 물었다.

"……네."

"길 찾기 어려웠죠? 슬슬 올 시간일 것 같았어. 자, 들어와요." 그러면서 집으로 들어오라고 나를 재촉했다.

붙잡히고 말았다고 생각했다. 그래도 느릿느릿 현관으로 들어가 복도를 걷자, 대기실인지 다다미 깔린 넓은 방에 소파와 천 재질의 의자, 쿠션이 드문드문 놓여 있었다. 모르는 사람이 보면 아무도 여기가 병원이라고 생각하지 않을 것이다. 정중앙에 낮은 하얀색 탁자가 있었다. 나 이외에 사람은 없다. 나는 낮은 탁자 옆에 무릎을 꿇고 앉았다.

여자가 방 안쪽 부엌에서 잔을 올린 쟁반을 들고 다가왔다.

"오늘은 좀 푹푹 찌네요. 이거 레몬그라스 차예요, 괜찮다면 들어요."

달그락, 하는 얼음 소리가 시원했다.

"아, 그렇게 긴장 안 해도 돼요. 지금 시간엔 다른 환자도 없으니까. 편하게 앉아요. 나른하면 진찰할 때까지 누워 있어도 괜찮고."

그러면서 여자가 옆에 놓인 쿠션을 팡팡 두드렸다.

"나는 문진과 상담을 담당하는 시이노키 사오리입니다." 사오리 선생님이 명함처럼 생긴 카드를 내밀었다.

"……처음 뵙겠습니다. ……시노하라 미오입니다." 목소리가 갈라졌다.

"준 씨에게 어느 정도 이야기는 들었어요. 평소 문진은 다른 방에서 하는데 이쪽 방이 더 시원하니까 여기에서 할까요?"

사오리 선생님이 그렇게 말하더니 자리에서 일어나 복도 안쪽 방으로 갔다. 활짝 열린 베란다 창문 너머로 허브 묘목 같은 것이 보였다. 가지 끝에 달린 연보라색 꽃이 바람에 흔들렸다. 가지치기를 꼼꼼히 하지 않고 자유롭게 자라는 대로 둔 느낌이었다. 작은 발소리가 돌아왔다. 사오리 선생님이 낮은 탁자 맞은편에 앉았다.

"우리 병원에 잘 왔어요."

그 말을 듣자 눈물이 흘렀다. 요즘은 울기만 한다. 준 씨 앞에서도, 혼자 있을 때도, 정말 잘도 이렇게까지 눈물이 나온다 싶을 정도로 나는 울었다. 기입하라는 대로 필요한 사항을 적어 사오리 선생님에게 건넸다.

"어쩜, 글씨가 예쁘네."

나는 또 울었다. 도쿄에 와서 처음으로 받은 칭찬 아닐까.

"지금 제일 괴로운 건…… 자지 못하는 거군요. 또 기분이 계속 우울하고 눈물이 나고…… 그렇군요. 그 증상이 얼마 전부터 생겼을까?"

그것조차 모호했는데 도쿄에 온 후로, 즉 4월부터 이런 셈이다. 그렇다면…… 몇 주 정도 전이 되려나……. 손가락을 꼽으며 셈하다가 벽 쪽으로 시선이 갔다. 엄마가 늘 보내주는 빨간 수프 캔이 몇 개나 나란히 그려진 그림이 눈에 들어왔다.

내 시선을 알아차렸는지 사오리 선생님이 그림을 가리키며 말했다.

"저건 앤디 워홀의 '캠벨 수프 캔'이라는 작품이래요. 저런 게 예술이 된다니 좀 신기하죠. 알고 있었어요?"

나는 말없이 고개를 저었다. 앤디 워홀이라는 이름을 처음 들었다. 그런 것도 모르는 내가 도쿄에 온 것부터가 잘못이지 않았을까.

"워홀이 아직 돈을 벌지 못했을 때, 어머니가 그를 위해 캔 뚜껑으로 꽃을 만들어서 팔았대요."

왈칵 눈물이 흘렀다.

"엄마가……."

사오리 선생님은 내 말을 언제까지나 기다려주었다.

"엄마가 늘 고향에서 보내줘서, 저 수프."

"그랬구나. 어머님이 참 다정하시네요……. 있죠, 여기에서는 얼마든지 울어도 괜찮아요. 여기에서는 아무도 시노하라 씨를 이상하다고 생각하지 않으니까."

너무 울어서 묵직하게 아픈 머리로 고개를 끄덕였다.

"선생님이 봐주실 거예요. 좋아질 거야." 사오리 선생님이 내 등을 살살 쓰다듬었다.

"네……." 이렇게 대답하는 것도 버거웠다. 사오리 선생님이 문진표를 손에 들고 복도 안쪽 방으로 갔다.

잠시 후, 복도 안쪽 진찰실에서 남자의 목소리가 내 이름을 불렀다. 천천히 장지문을 열자, 그곳은 마치 작가의 서재 같았다. 벽 한 면의 책장에는 책이 단 한 권도 더 들어가지 못할 정도로 많은 책이 꽂혀 있었다. 커다란 나무 책상 너머에 역시 준 씨와 나이가 비슷해 보이는 수염 난 남자가 앉아 있었다. 부모님이 이혼한 후로는 남자 어른이 불편했다. 아빠가 엄마에게 폭력을 쓴 적은 딱히 없지만, 이혼 전에 말다툼하면서 큰 소리를 내는 것을 본 이후로 어른 남자를 보면 순간적으로 무섭다는 생각이 든다. 눈앞의 선생님이 일어나더니 내게 작은 쪽지를 건넸다. '시이노키 준(椎木旬)'이라고 적힌 명함이었다. 사오리 선생님의 남편일까.

"잘 왔어요." 그가 웃으며 조금 전 사오리 선생님과 같은 말을 했다.

선생님이 의자를 권하고, 문진표를 보며 말을 걸었다.

"잠을 자지 못한다……. 그거 너무 힘들겠네."

그 후로 나는 몇 가지 질문에 대답했다. 문진표에 적은 내용을 반복할 뿐이었지만, 잠을 자지 못하고 눈물이 멈추지 않고 게다가 학교에 가지 못한다는 내용을 선생님이 거듭해서 확인하자, 역시 내가 상당히 이상해졌다고 인정하지 않을 수 없었다. 그러는 동안에도 눈물이 멈추지 않았다. 나는 집에서 가지고 온 거즈 손수건으로 연신 눈물을 닦았다.

"우선은 잠을 푹 잘 수 있게 약을 처방할까."

갑작스러운 말에 정신을 차렸다.

"선생님……."

"네?"

"저기, 저는 무슨 병이죠? 저기, 혹시 우울증인가요?"

내 질문에 선생님이 조금 생각에 잠겼다.

"시노하라 씨는 마음이 조금 지친 겁니다. 당신은 성실하고 아주 열심히 노력하는 사람이죠. 도쿄에서 혼자 살기 시작한 것만으로도 마음이 엄청난 스트레스를 받았어요. ……게다가 고향에 계신 어머님도 많이 걱정되겠죠……."

선생님은 말을 신중하게 고르는 것 같았다.

"그런 다양한 요소가 쌓이고 쌓인 결과, 지금 시노하라 씨의 뇌가 잘 움직이지 않게 되었어요. 세로토닌이나 노르아드레날린 같은, 기분에 관여하는 물질의 균형이 흐트러진 거죠. 그러니까 약을 조금 써서 균형을 바로잡읍시다. 제대로 복용하면 무서운 약이 아니에요. 약 처방뿐 아니라 상담도 진행하는 게 좋겠어요."

선생님의 입에서 좀처럼 우울증이라는 단어가 나오지 않아 조금 짜증이 났다. 나는 대놓고 물었다.

"선생님, 저는 우울증인가요?"

선생님이 한동안 말없이 내 얼굴을 바라보더니 결심했는지 입을 열었다.

"우울증이라고 해도 좋겠군요. 그래도 이른 단계에 와서 다행입니다. 혼자 여기에 오느라 큰 용기가 필요했죠?"

끄덕이며 울었다. 확실하게 우울증이라는 말을 들어서 역시 조금은 슬펐지만, 선생님이 그렇게 말해줘서 어딘지 안심하기도 했다.

"약은 우선 2주 치를 처방하죠. 약 효과도 보통 2주 정도면 나오니까. 너무 초조해하지 말아요. 상담 예약을 해둘까요? 다음 주 같은 시간에 또 여기 올 수 있을까요?"

네, 하고 갈라지는 목소리로 대답했다.

"시노하라 씨가 오기를 여기에서 기다리겠습니다. ……아무것도 걱정하지 말아요. 다시 학교에 갈 수 있을 때까지 사오리 선생과 함께 열심히 받쳐줄 테니까……."

나는 묵묵히 고개를 끄덕였다. 역시 눈에서는 계속 눈물이 흘렀다.

그날 밤, 약국에서 처방받은 작은 알약을 먹기까지 많은 용기와 시간이 필요했다. 이걸 먹어버리면 내가 마음의 병에 걸렸다고 인정하는 것이 된다. 그러나 그 이상으로 깊이, 아주 깊이 자고 싶었다. 나는 침대에 눕기 전 각오를 다지고 약을 먹었다. 완만한 졸음이 몰려오더니 곧 잠의 세계에 끌려 들어갔다.

많은 꿈을 꿨다.

어린 시절, 어린이집에서 제일 마지막까지 남아 엄마가 퇴근하기를 기다렸던 나. 한밤중에 들리는, 아빠와 엄마의 말다툼 소리. 아빠가 집을 나간 날. 엄마가 오기를 기다리며 저녁밥을 짓고 식탁에 엎드려 깜빡 잠들었던 그때. 도쿄의 이 집에 왔을 때 느꼈던 불안한 마음. 반짝거리는 대학 동기들이 나를 험담할지도 모른다는 불안……. 지금껏 계속 쓸쓸했고, 괴로운 마음을 꾹 참으며 나는 괜찮아, 나는 괜찮아, 하고 자신에게 억지로 주문을 걸었다. 그러나 사실 나는 그렇게 강한 인간이 아니다. 그걸 깨달았다.

다음 날은 아침에 제대로 눈을 떴다. 오랜만에 길게 잔 덕분일까, 약 덕분일까, 머리가 묵직했다. 당장 '행복해!' 하고 기분이 맑아지는 것은 아니다. 그런 마법의 약은 아니다. 그래도 푹 잤다. 고작 그 정도의 일이 진심으로 기뻤다.

그와 동시에 빨리 나아야 한다는 마음이 싹튼 것도 확실했다. 선생님은 "너무 초조해하지 말아요"라고 말했는데도.

나는 지금까지 못 잔 만큼을 회복하려는 것처럼 계속해서 잤다. 잘 수 있어서 기뻤지만, 지금 내가 아무것도 생산하지 못하고, 목표했던 지점 그 어디로도 가지 못한다는 생각이 들어 자책하는 일이 늘었다.

다음 상담이 애타게 기다려졌다. 이번에는 스마트폰 앱을 쓰지 않고 병원에 갈 수 있었다. 대기실에는 환자가 몇 명인가 있었다. 평일 낮인데 고등학생쯤으로 보이는 여자애도 있고, 양복을 입은 회사원 같은 사람도 있었다. 이윽고 사오리 선생님에게 불려 작은 방으로 들어갔다. 여기가 상담실인가 보다.

"잠은 이제 잘 자나요?"

"……네."

"그거 잘됐네." 사오리 선생님이 옅게 웃었다.

"말은 상담인데 수다 떠는 거나 마찬가지예요."

그러면서 사오리 선생님이 정말 실없는 이야기를 시작했다. 마당에 핀 허브, 이 집에 놀러 오는 길고양이. 그런 이야기를 할 수 있어서 기뻤다. 그런 이야기를 나눌 수 있는 사람이 나에게는 이 도쿄에 한 명도 없었으니까.

"그럼 시노하라 씨가 지금 제일 괴로운 건 뭘까……."

"대학교 동기가……." 거기까지 말하다가 말문이 막혔다. 선생님이 참을성 있게 내 말을 기다렸다.

"촌스럽다거나 시골뜨기라고 여길 것 같아서……."

"시노하라 씨, 전혀 그렇게 안 보이는데? 지금은 마음이 너무 지쳐서 그렇게 생각하는지도 몰라요."

"……저는."

"응?"

"……의상 공부를 하러 온 건데 전혀 반짝이지 않아요."

"내가 보기에는 시노하라 씨의 젊음이 눈부셔서 눈도 뜨지 못할 정도인걸."

그렇게 말한 사오리 선생님이 코 옆에 주름을 잡으며 웃었다.

"그래도 다들 훨씬 더, 훨씬 더 반짝여서……."

그렇게 말하며 사오리 선생님에게 스마트폰을 건넸다. 상경해서 도쿄 생활을 진심으로 즐기는 고등학교 동창의 사진을 스크롤해 사오리 선생님에게 보여주었다.

"부러워요……." 나도 모르게 그 말이 나왔다.

"반짝반짝한 면만 잘라내면 반짝반짝한 사람으로 보이죠. 그래도 이게 진짜인지는 몰라요. 사실은 실연해서 펑펑 운 뒤에 사진을 올렸을지도 모르죠."

"……."

"누가 직접적으로 촌스럽다거나 시골뜨기라고 말했나요?"

나는 고개를 저었다.

들었을 리 없다. 들은 것 같다고 느낄 뿐이다.

"하지만 어패럴 숍 아르바이트에 전부 떨어졌고……."

어린애가 고집을 부리는 것 같다. 그때 문득 엄마에게 고집을 부린 적이 없다는 걸 깨달았다.

"그 일과 시노하라 씨가 반짝반짝하지 않은 건 전혀 관계없을 수도 있어요. 그리고 설령 그렇더라도 반짝거리는 것만으로 이루어진 인간이 그렇게 매력적일까?"

그런 식으로 생각할 수 있다면 얼마나 좋을까. 나는 아직 사오리 선생님의 말처럼 생각할 수 없었다.

"생각하는 습관을 조금씩 고쳐가도록 해요. 그리고 스마트폰을 너무 많이 쓰지 말 것. 마음이 더 지치니까. ……그리고 학교에는 아직 무리해서 가지 말도록 해요. 자, 그럼 다음 주에 봐요."

"사오리 선생님……."

"네?"

"이 병……. 저기, 제 우울증은 언제쯤 나아질까요?"

사오리 선생님이 손에 든, 차트 같은 종이에 한동안 시선을 주며 생각에 잠겼다.

"약을 잘 먹는다고 치면, 시노하라 씨라면 1년 정도면 좋아질 거예요. 물론 그 전에 학교는 갈 수 있게 될 거고. 그러니까 제대로, 천천히 치료해봐요."

네, 하고 고개를 끄덕였으나 내 마음은 심한 충격을 받았다. 1년……. 그렇게나 오래 걸린다니 마음에 어두운 안개 같은 것이 확 퍼졌다.

사오리 선생님에게는 알겠다고 했으나, 다음 주 월요일에 학교에 가보기로 했다. 이제 반짝반짝하지 않아도 좋다. 친구가 없어도 좋다. 그러나 이보다 더 공부가 뒤처지는 건 정말 싫었다. 엄마가 내준 학비가 물거품이 된다. 잠도 잘 수 있고, 눈물이 나는 횟수도 줄었다. 약을 먹고 있으니까 이제 괜찮다고 나 자신을 다독이면서 학교에 갔다.

계단식 강의실 제일 끝에 앉았다. 강의가 시작되기 전까지 옆자리 친구와 수다를 떠는 애들도 많았다. 일부러 그런 애들을 시야에 들이지 않으려고 노력하면서 나는 우울한 기분을 끌어안고 혼자 의자에 앉아 있었다. 그런데 이상하게 심장이 두근거렸다. 멀리 떨어진 칠판이 실제로 보이는 것보다 훨씬 더 멀어 보였다. 시야가 흐릿해졌다. 손끝이 선뜩하게 차가워지는 것을 느꼈다. 구역질이 치밀었다. 이런 곳에서 토하면 나쁜 의미로 주목받을 거야……. 두통까지 덮쳤다. 교수님이 강의실에 들어왔다. 이제 안 되겠다. 숨을 못 쉬겠다. 나는 산소가 부족한 어항 속 금붕어처럼 입을 뻐끔거리며 소리 나지 않게 살그머니 일어나 강의실 제일 뒷문을 지나 밖으로 나왔다.

집에 돌아오는 전철에서 내내 눈물이 멈추지 않았다.

나 혼자만의 집에 돌아왔다. 뭘 입을지 고민하느라 옷이 산더미처럼 쌓인 침대에 엎어졌다. 가방에 든 스마트폰을 찾았다. 사오리 선생님이 많이 보지 말라고 했지만, 나는 친구들의 인스타그램을 보고 만다. 동아리 활동, 신입생 환영회, 아르바이트, 하라주쿠, 보러 간 영화, 새로 산 옷, 새로 한 네일. 다들 도쿄에서 앞으로, 앞으로 나아간다. 나만 고향을 떠난 내 모습 그대로 앞으로도 뒤로도 가지 못한다. 또 구역질이 났다. 조립식 욕실로 달려갔다. 그러나 구역질만 나고 입에서 아무것도 나오지 않았다. 그때 갑자기 눈썹을 정리할 때 쓰는 면도칼이 보였다. 나 같은 건 여기 있을 자격도 없다. 면도칼을 손에 쥐었다. 왼쪽 손목 위에 얹어보았다. 그런 짓을 해도 죽을 리 없다는 걸 알면서. 그때 갑자기 초인종 소리가 들렸다. 뭔가 권유하러 왔겠거니 싶어 무시했는데 몇 번이고 초인종 소리가 났다. 그래도 무시하자, 문 자체를 두드리는 소리가 났다. 그 소리가 그치질 않았다.

"누구세요?" 하고 문 너머의 사람에게 말을 걸자 "나야! 준이야!" 하는 큰 소리가 들렸다. 문을 열어보니 준 씨가 동그랗게 빵빵한, 마트의 하얀 봉지를 들고 서 있었다. 나는 준 씨의 목을 끌어안고 울음을 터뜨리고 말았다.

"누워 있어. 새파란 얼굴로 가게 앞을 구부정하게 지나가더라."

그러면서 준 씨가 나를 침대에 눕히고 좁은 부엌에 섰다. 채소를 써는 소리, 뭔가 끓이는 냄새. 그리워서 가슴이 미어지는 것 같았다.

"조금이라도 좋으니까 먹어. 남은 건 용기에 나눠 담아서 넣어둘 테니까."

준 씨가 낮은 탁자에 토마토 수프를 담은 그릇을 달그락 내려놓았다. 침대에서 일어나자 두통이 은은하게 느껴졌지만 어떻게든 러그 위에 앉았다.

"약, 잘 먹고 있어?"

"아……."

오늘 아침에 학교 가는 것에 집중한 나머지 깜박 잊었다.

"그거 먹고 약 먹어. 자기 판단으로 약을 끊거나 하면 안 돼."

자리에서 일어난 준 씨가 가지고 온 마트 봉지에서 생수를 꺼내 머그잔에 따랐다.

"지금은 선생님 말씀을 잘 들을 것. 무조건 몸과 마음을 충분히 쉬어줄 것. 절대로 초조해하지 말 것. 알겠지?"

엄마 같다고 생각하자 또 눈물이 솟구쳤다. 준 씨의 손이 내 머리를 쓰다듬었다.

"살다 보면 누구나 한두 번은 꺾이는 시기가 있어. 그래도 하나도 부끄러워할 일이 아니야. 나는 맨날 꺾이기만 하는 걸."

준 씨가 그렇게 말하고 웃었다. 어쩌면 준 씨도 그 클리닉에 간 적이 있을지도 모른다는 생각이 문득 들었다. 그러나 그런 걸 물어볼 순 없다.

"도쿄 사람들이 전부 냉정한 건 아니야. 미오 씨는 주변 사람에게 더 기대도 돼. 또 미오 씨 본인도 풀어져도 돼. 나야 정말 고맙지만, 아르바이트할 때도 미오 씨는 지나치게 성실한 면이 있으니까."

나는 고개를 끄덕였다. 남에게 기대는 것은 멋있지 않다고 생각했다. 도쿄라는 이 도시에 순응하지 못하는 건 내 능력 부족이니까 남에게 기댈 자격이 없는 줄 알았다.

"저기, 준 씨……."

"응?"

"제가 나아지면 다시 아르바이트하러 가도 될까요?"

"그런 걱정은 안 해도 돼. 우리 단골손님도 미오 양, 미오 양만 찾고 나는 안중에도 없는 것 같던걸. 미오 씨는 우리 가게의 간판 같은 존재니까 나아지지 않으면 곤란해! 그러니까 지금은 치료를 잘 받아야 해."

"네……."

"수프, 조금 더 먹어볼래?"

준 씨의 말을 듣고, 나는 또 울면서 수프를 스푼으로 떠먹었다. 조금 짭조름한 수프가 내 깊은 곳을 따뜻하게 해주는 것 같았다.

시이노키 마음 클리닉에 다니는 것만이 나의 당면 과제였다. 매주 목요일에 사오리 선생님과 상담하고 2주에 한 번은 준 선생님과 만났다.

준 선생님은 만날 때마다 "얇은 종이를 벗기는 것처럼 좋아질 거야. 괜찮아요"라고 내게 말해주었다. 나도 그런 식으로 마음이 나아지면 좋겠다고, 오로지 이 생각만 했다.

사오리 선생님은 반복해서 내게 말했다. 일단 지금은 마음이 원하는 대로 지낼 것. 몸이 움직이지 않아도 그건 몸이 휴식을 원한다는 뜻이니까 순순히 따를 것. 무리해서 생활 리듬을 갖춰야 한다고 의식하지 말고, 약만은 시간에 맞춰 먹을 것. 기분이 좋으면 산책하러 나가도 좋고, 어디든 가게에 가도 좋다고 했다. 클리닉에서 돌아오는 길에 내가 사는

동네를 돌아다녔다. 그때까지는 우리 동네를 걸어보겠다고
생각한 적도 없었다. 어디나 있는 주택가니까 내 고향과 별
로 다르지 않았다. 내 눈에는 반짝반짝한 도쿄만 보였는데,
이 동네에도 지극히 평범한 사람들이 지극히 평범하게 산다
는 것을 알았다.

하얀 발포 스티로폼에 심어진 선명한 꽃, 처마 아래에서
뒹구는 길고양이를 스마트폰으로 사진 찍었다. 인스타그램
은 꽤 오래전부터 보지 않았다. 내가 찍은 사진도 올릴 생각
은 없었다. 때때로 준 씨의 가게에도 찾아갔다. 아르바이트
가 아니라 손님으로 카운터 자리에 앉았다. 지금까지는 여
유롭게 마신 적 없어서 몰랐는데, 준 씨가 만드는 커피가 얼
마나 맛있는지 그때 처음 알았다.

카운터 자리에 앉은 나를 보고 단골손님인 할머니가 말을
걸었다.

"미오 양, 몸이 안 좋다면서? 대학에 다니면서 아르바이트
도 너무 열심히 했구나."

"네. 저, 너무 열심히 했나 봐요."

솔직하게 말할 수 있었다. 카운터 안쪽에서 준 씨가 내게
눈짓하며 살짝 웃었다.

계절이 장마철에 접어들었다.

고향에 계신 엄마에게 어떻게 말할지 고민한 끝에 편지를 썼다. 엄마에게 이렇게 긴 편지를 쓴 건 태어나서 처음이었다. 지금 내 상태와 병에 관해서 알리고, 병원에 잘 다니고 있으니까 걱정하지 않아도 된다고 반복해서 적었다. 편지가 도착한 뒤, 엄마가 바로 전화를 걸었다.

"집으로 오겠니?"

엄마가 제일 먼저 한 말을 듣고 또 울 뻔했다. 눈앞의 머그잔이 아른아른 흔들려 보였다. 그래도 엄마에게 말했다.

"아니야. 엄마한테 너무 부담일지도 모르지만 여기 조금 더 있고 싶어. 더 좋아지면 학교에 꼭 갈 거니까."

"부담이라니 그런 건 전혀 중요하지 않아. 네가 건강해지기만 하면 돼."

"……엄마."

"너는 엄마한테 부담 된 적이 한 번도 없어. 아빠랑 이혼했을 때도 미오 너에게 부담을 지게 한 건 엄마인데…… 그런데도 너는 불평 한 번 안 하고…….."

엄마 목소리가 잠겼다.

"그러니까 너무너무 괴로울 때는 언제든 좋아, 몇 시든 괜찮아. 엄마한테 연락해야 해. 알겠지?"

"……알았어"라고 대답하는 것이 고작이었지만 그래도 힘을 내서 대답했다.

"엄마 때문에 내가 부담을 졌다니 나는 전혀 그렇게 생각 안 해. 아빠랑 엄마가 이혼했을 때는 조금 슬프긴 했지 만……."

"정말 미안하다, 미오……."

"여름이 되면 엄마랑 같이 있고 싶어. 꼭 돌아갈게."

그 말만 하고 전화를 끊었다. 그러고 나서 한참이나 무릎을 안고 울었다. 우울증에 걸린 후로 울기만 하는 것 같은데, 사오리 선생님은 울고 싶을 때 마음껏 울라고 했다. 그 말에 기대 나는 울었다. 옆집에서는 여자와 남자의 즐거운 듯한 대화 소리가 또 들렸지만, 내가 알 바냐 싶어 울었다.

토요일 이른 아침, 초인종 소리가 들렸다. 이렇게 일찍 누구지 싶어 문구멍을 내다보자, 가방 하나를 메고 샌들을 신은 하루나가 거기 서 있었다. 허둥지둥 문을 열었다.

"하도 라인에 답이 없으니까 걱정돼서 고속버스를 타고 왔어"라며 웃었다. 꿈인 줄 알았는데 정말 하루나였다.

"와, 여기가 우리 미오가 사는 집이구나. 역시 깨끗하게 하고 산다. 내가 사는 낡아빠진 연립이랑은 전혀 달라"라며 하루나가 신발을 벗고 현관으로 올라왔다. 그 등에 매달렸다. 저번에 만났을 때와 똑같은 하루나의 냄새가 났다.

"어라, 어라? 왜 그래?"

그러면서도 하루나는 하는 대로 가만히 있어주었다.

하루나가 역에서 사 온 도시락을 같이 먹으며 용기 내서 털어놓았다.

"우울증에 걸렸는데……."

"그럴지도 모른다고 생각했었어. ……우리 아빠가 우울증 이었던 거 아니?"

"아저씨가……."

"응, 벌써 몇 년 전이라서 지금은 약도 안 먹지만."

하루나의 아버지는 고향에서 학원 강사를 한다. 나도 대학 시험을 치를 때, 하루나의 아버지에게 도움을 받았다. 언제나 밝고 학생을 마구 칭찬해줘서, 좋아하는 선생님이었다. 아저씨가 우울증이었다니 전혀 몰랐다.

"우리 아빠랑 너, 왠지 모르게 비슷한 면이 있으니까……."

"비슷하다고?" 나와 그 밝은 아저씨가?

"응, 언제나 야무지고 예의 바르고 성실하고, 나처럼 징징 짜는 소리도 웬만해선 안 하고."

"나는 전혀 그렇지 않은데."

"우리 아빠도 언제나 그렇게 말했어. 아빠는 대단한 게 전혀 없다고. 다른 사람은 마구마구 칭찬하면서 자기 자신한

텐 너무 엄격해. 나는 뭐 하나 칭찬해주면 강아지처럼 깽깽
거리며 꼬리를 치는데……."

자기 자신에게 너무 엄격하게 굴지 말 것. 사오리 선생님
에게도 들은 말이었다. 똑같은 말인데 하루나가 말하니까
마음 어딘가에 누름돌이 올라간 기분이었다.

"하루나, 너는 대학 다니는 게 즐겁지?"

"전혀 아니야. 말투도 다르고, 사람들 틈에 끼어들지 못하
는 면도 있어……. 오늘도 너를 걱정해서 왔다고 했지만 사
실은 내가 쓸쓸했는걸!"

그러면서 하루나가 울상을 지었다. 그런 하루나는 처음
봤다.

"그래서 네 얼굴을 보고 충전하려고 했어, 활기를."

코를 훌쩍이며 하루나가 휴지 한 장을 뽑고 말했다.

"나한테 활기를 주세요!"

"나한테도 주세요!"

같이 말하면서 웃었다. 그런 다음 서로 스마트폰 사진을
보며 중·고등학교 시절의 즐거웠던 추억 이야기를 잔뜩 했
다. 수학여행 때 순서대로 돌아가며 했던 무서운 이야기. 문
화제 때 하루나가 후배 여자애에게 고백받았던 이야기. 졸
업식 때 하루나의 아버지가 오열했던 이야기. 전부 다 그리

운 추억이었다. 그래도 대화를 나누며 나도 하루나도 어렴풋이 알아차렸을 것이다. 앞으로는 서로 다른 추억을 서로 다른 곳에서 만들어가리라는 것을.

그날 밤에는 하루나와 함께 처음으로 동네 목욕탕에 갔다. 고향에는 없어서 한 번쯤 가보고 싶었는데 혼자서는 갈 용기가 없었다. 둘이 같은 샴푸 냄새를 풍기고 딸기 맛 아이스크림을 먹으며 밤길을 느긋하게 걸었다. 벌써 저녁 8시가 된 시각인데 동네 과일 가게 아저씨가 어린 아들에게 자전거 타는 법을 가르쳐주고 있었다.

"오오, 조금 더! 아주 좋아, 아주 좋아!"

하루나가 크게 소리쳤다.

"잠깐 이거 들어봐."

하루나가 내게 짐을 맡기고, 허리가 아프다는 과일 가게 아저씨 대신 아들의 자전거를 밀었다. 자꾸만 발을 대서 멈추는 자전거를 하루나가 지탱하며 달렸다.

"있는 힘껏 페달을 밟아!"

아들이 모는 자전거는 처음에는 비틀거렸지만 곧 힘차게 똑바로 달려갔다. 그렇게 어둠 속으로 사라졌다.

"너무 갔어! 너무 갔어! 스톱!"

하루나가 외치면서 자전거를 쫓아갔다. 그 모습을 과일

가게 아저씨와 둘이 웃으며 지켜보면서 생각했다. 지금 나도 저 아이의 자전거와 같다. 준 씨, 준 선생님, 사오리 선생님 그리고 하루나. 약도 상담도 전부 나의 보조 바퀴다. 지금은 아직 비틀비틀 주행하지만, 언젠가 저 아이처럼 똑바로 힘차게 달려가는 날이 오면 좋겠다.

"상담도 앞으로 두세 번이면 될까……."

사오리 선생님이 그렇게 말했을 때는 여름방학이 머지않은 어느 무더운 오후였다.

"엇……."

"시노하라 씨가 아직 불안할 것 같으면 계속해도 되지만 증상이 많이 좋아졌고 안색도 좋고……. 아직 약은 한동안 복용하는 게 좋겠다고 준 선생님도 말씀하긴 하셨지만, 어떻게 하고 싶어요?"

의견을 물어 잠깐 생각했다. 나도 그날 밤 과일 가게 아들처럼 보조 바퀴를 뗄 날이 왔는지도 모른다.

"……상담은 졸업하고 싶어요."

말은 이렇게 했으나 사실은 조금 두려웠다.

"그래도 받고 싶을 때는 언제든 말해요. 그리고……."

"네."

"시노하라 씨, 성실하게 다녀줘서 정말 고마워요."

그러더니 사오리 선생님이 내게 고개를 숙였다.

"상담은 효과가 금방 나오는 게 아니잖아. 도중에 발길을 뚝 끊어버리는 환자도 많아요. 그런데 시노하라 씨는 늘 시간 맞춰 와줬지요……. 정말 고마워요."

사오리 선생님에게서 그런 말을 듣자 귓가가 뜨거워졌다.

"시노하라 씨, 앞으로는 자기가 해낸 일을 가점 방식으로 칭찬해줘요. 우울증에 걸리는 사람은 너무 성실하고 자기 자신에게 엄격해서 무심코 감점하게 되거든요. 어떤 일이든 좋아. 세수했을 뿐이어도 1점. 침대를 정리했을 뿐이어도 1점……. 그리고 사실은 시노하라 씨가 살아 있는 것만으로도 100점이야."

그 말을 듣자 왈칵 눈물이 났다. 사오리 선생님 앞에서 우는 것도 오랜만이었다.

"시노하라 씨가 학교에 갈 수 있을 때까지 충분히 도울 테니까."

사오리 선생님이 그렇게 속삭이며 내 손을 잡았다. 엄마처럼 부드럽고 따뜻한 손이었다.

학교에 갈 수 있을 때까지 아직 시간이 좀 더 걸릴지도 모른다. 하지만 "천천히 고쳐갑시다"라는 준 선생님의 말을 들어도 이젠 조바심이 나지 않았다. 그것도 약의 효과일지도 모르나, 멀리 돌아가더라도 언젠가 어느 지점에선가 만회할 수 있다고 솔직하게 생각할 수 있었다.

시이노키 마음 클리닉에서 돌아오는 길에 역 앞의 드러그 스토어에 들렀다. 오랜만에 화장품을 구경하고 싶었다. 여름용 신상 매니큐어의 컬러가 화사해 보였다. 진열된 상품 하나를 집었다. 연한 라벤더색 매니큐어 안에 별 모양의 반짝이가 잔뜩 들었다. 하나에 300엔. 비싼 백화점 화장품도 아니다. 그러나 그 300엔짜리 매니큐어를 사겠다는 생각이 들 정도로 내 마음이 회복됐다는 사실이 기뻤다. 새로운 매니큐어를 산다. 이건 사오리 선생님이 말한 가점 방식으로 몇 점이 될까?

집에 가면 발톱을 손질하고 이 매니큐어를 꼼꼼히 발라야지.

이제 곧 도쿄의 첫 여름이 시작된다. 매니큐어를 바르면 준 씨의 가게에 가서 카운터 자리에 앉아 아이스 코코아를 마셔야지. 이제 혼자가 아니라고 생각하자, 나는 아주 조금이지만 강해진 것 같았다.

파이프를 든 소년

손에 든 스마트폰이 띵동 소리를 냈다.

'찻집 장소, 아시나요? 조금 찾기 어려운 곳에 있는 것 같아서요.'

나는 걸어가며 메시지를 두드렸다.

'괜찮습니다! 죄송합니다. 조금 늦을지도 모르겠어요. 정말 죄송합니다!'

그 후로 답변이 없었다. 등줄기를 타고 식은땀이 흘렀다. 첫 미팅에 지각하는 신입 일러스트레이터라니 인상이 나빠도 너무 나쁘다(사실 나는 아직 스스로 일러스트레이터라고 주장할 자신도 없다). 일부러 집 근처까지 오게 하고 그 찻집도 내가 지정했으면서. '조금 늦는다'도 거짓말이다. 약속 시각에서 이미 5분이 지났다. 아마 10분 이상은 확실히 늦을 것이다.

나는 역 건너편의 찻집으로 가는 길을 달렸다. 커다란 포트폴리오를 담은 가방이 어깨에서 떨어질 것 같았다. 토요일 오후 상점가는 생각보다 사람이 많아서, 지나가는 사람을 가방으로 치지 않으려고 조심하면서 그래도 달렸다. 중요한 일감을 줄 담당 편집자와의 미팅이니까 절대로 늦으면 안 된다고 어젯밤부터 계속 생각했는데, 오늘 새벽까지 그린 일러스트 초안이 도무지 보이지 않는 것이었다.

어젯밤의 나를 후려치고 싶다. 나는 중요한 일을 해야 할 때면 꼭 정신이 딴 데 팔린다. 게임이나 넷플릭스, 유튜브……. 시간을 얼마나 낭비했던가. 무거운 엉덩이를 들어 간신히 일을 시작한 시간이 새벽 3시 넘어서였고 다 마쳤더니 아침 6시였다.

그 후로 부엌에 서서 컵라면을 먹었고, 아직 약속 시각까지 여유가 있으니까 조금 쉬려고 침대에 누웠다가 정신을 차렸더니 약속 시간 30분 전이었다. 책상 위에 있어야 할, 완성한 일러스트 초안이 어째서인지 보이지 않았다. 나도 모르게 힉, 하는 소리가 나왔다. 집은 늘 그렇듯이 처참한 상태였다. 쓰레기가 담겨 둥글게 부푼 비닐봉지, 이제부터 세탁할 것인지 아니면 이미 한 것인지 모를 옷 더미. 펼쳐진 채로 켜켜이 쌓인 화집……. 일주일 전에 여자 친구 마미가 와서 청소해줬는데 내 방은 벌써 평소처럼 쓰레기장 직전의 꼬락서니를 드러냈다. 또 마미에게 혼나겠다……. 결국, 이유는 모르겠는데 일러스트 초안은 침대 옆 탁자 아래에서 나왔고(그런 곳에 놓은 기억이 전혀 없다), 그걸 허둥지둥 포트폴리오 파일에 끼우고, 적당히 양치질만 하고 찻집까지 달려갔다.

아아, 수염을 깎지 못했다고 생각하며 '찻집 준'이라는 조금 촌스러운 이름의 찻집 문을 열자, 창가 쪽에 양복 차림의 중년 남성 한 명이 스마트폰을 보고 있었다. 다른 손님은 형형색색의 캐주얼한 옷을 입은 노인들뿐이니까 분명 저 사람이다. 화가 났을지도 모른다고 생각하자 심장박동이 빨라졌다. 그가 내 얼굴을 보더니 웃는 표정을 짓고 일어났다.

"우에무라 나오야 씨?"

"기다리시게 해서 정말 죄송합니다!"

거침없이 고개를 숙인 바람에 테이블 모서리에 이마를 박아 크고 둔탁한 소리가 났다.

"괘, 괜찮으세요?"

남성이 소리를 지르자, 카운터 안에서 점장으로 보이는 깡마른 여성이 급하게 나왔다.

"여기 피가 살짝 나네……. 반창고를 가지고 올게요."

여성이 금방 돌아와 내 이마에 흐르는 피를 휴지로 살살 닦고, 커다란 반창고를 붙여줬다. 이래서야 어린애다. 이마에 큼지막한 반창고를 붙인 나. 세수도 안 했으니까 눈곱이 끼지는 않았을지 자꾸만 신경 쓰였다. 그래도 편집자인 야마시타라는 남성은 인사도 하는 둥 마는 둥 내가 가지고 온 포트폴리오를 넘기며 일러스트를 한 장 한 장 꼼꼼히 살폈다.

테이블 위에 명함이 한 장 놓여 있었다. 야마시타 씨는 일본인이라면 누구나 아는 종합잡지 편집자다. 어느 날, 내가 그림을 업로드하는 사이트에 메일이 와서 눈을 의심했다. 한 번 만나 작품을 보여달라는 내용이었다. 어쩌면 그 유명한 잡지에 내 그림이 실릴지도 모른다고 생각하자 기쁨보다도 긴장으로 몸이 떨렸다. 지금도 그렇다. 야마시타 씨를 앞에 둔 내 얼굴은 딱딱하게 굳었다. 물과 커피를 벌컥벌컥 마셔서 화장실에 가고 싶어 미치겠다. 마음도 부산했다.

마지막 페이지는 아까 찾은 일러스트 초안이다. 야마시타 씨는 그 그림을 지긋이 응시했다. 내 일러스트에 값을 매긴다는 생각이 들자, 이 자리에서 도망치고 싶어졌다. 야마시타 씨가 휴우, 하고 한숨을 쉬었다. 아아, 안 되는구나. 그렇게 생각하자, 목덜미 부근에서 또 땀이 났다. 가방을 뒤졌으나 손수건도 없다. 어쩔 수 없이 물수건으로 땀을 닦았다.

"좋네요, 정말 좋아요. 전부 좋습니다."

"엇."

"특히 이 마지막 그림이 마음에 들어요. 젊은 분 중에는 이런 작풍이 잘 없거든요. 왠지 모르게 향수를 자극하는데 그러면서도 새로운 그림 같습니다."

그 그림은 우리 집 부엌에 서 있는 마미의 뒷모습을 그린 것이었다.

"우에무라 씨의 사이트나 보내주신 데이터로 그림을 확인했지만, 우에무라 씨의 생생한 그림을 직접 보고 싶었습니다. ……그래도 역시 우에무라 씨와 직접 만나 작품을 눈으로 볼 수 있어서 좋았습니다."

칭찬을 듣자 자연스레 뺨이 부드러워졌다. 야마시타 씨는 말을 마치고 이미 식었을 커피를 마셨다.

"사실 우리 잡지의 권두 에세이에 들어갈 일러스트를 매달 한 장 부탁드리고 싶습니다."

"네?"

박은 이마가 여전히 욱신욱신 아픈데도 나는 야마시타 씨의 말에 발이 허공으로 붕 뜬 기분이었다. 이런 일이 정말로 있구나.

"반년 후 호부터 원고를 읽고 그에 어울리는 그림을 매달 중순쯤까지 그려주시면 좋겠습니다. 가능하면 마감보다 대략 일주일 전에 초안을 보여주시는 흐름으로……. 처음 하는 일이니 조금 여유를 갖고 시작하면 어떨까요?"

마감이라는 말에 둥실둥실 들떴던 내 마음이 바짝 긴장하는 것을 느꼈다. 그야 그렇지. 일에 마감이 있는 건 당연하다.

"낮에 하시는 회사 일과 병행하시는 형태여서 시간상 힘드시겠지만."

"기쁘게 해보겠습니다!"

그렇게 말하며 야마시타 씨를 향해 고개를 숙인 나에게 내 안의 또 다른 내가 "진짜 괜찮겠어?"라고 중얼거렸다.

큰 일감을 받았다고 해서 나를 일러스트레이터라고 주장하기에는 주제넘다. 내 삶의 90퍼센트는 회사 생활로 이루어진다. 그것도 앞에 '무능한'이라는 말이 붙는다. 무능한 회사원이 내 진짜 모습이다.

어려서부터 특기라곤 그림 그리는 것뿐이었고, 재수해서 미대 디자인과에 진학했다.

처음으로 내가 무능한 인간일지도 모른다는 위기감을 느낀 것은 취업 활동을 할 때였다. 요즘 같은 세상에서 처음부터 일러스트만으로 먹고살 순 없다고 생각했기에 생활비를 벌기 위해 일단 어디든 회사에 들어갈 필요가 있었다. 그런데 대형 디자인 회사나 광고 대리점은 전멸했다. 최종 면접까지 갔다가 떨어진 회사도 셀 수 없을 정도다. 나의 어떤 점이 안 된다는 건지 모르겠다.

그래도 아동용 교재를 만드는 지금 회사의 디자인실에 어떻게든 취직해서 문제집이나 그림책의 디자인을 맡았다. 대학 시절의 과제나 졸업 작품은 오로지 그것에만 집중하면 됐는데(그래도 어느 과제든 마감에 아슬아슬하게 제출했고, 마감을 지키지 못해 학점 부족으로 진급하지 못할 뻔한 적도 있다), 몇 가지 일이 중첩되고 디자인 이외의 잡무도 많은 것이 회사 생활이었다. 일 하나, 디자인 하나에만 집중하면 얼마나 좋을까. 하는 의미가 있나 싶은 장시간 회의에 전혀 집중하지 못했고, 팀으로 움직이는 일을 할 때는 상사의 디자인을 보고 "이거 진짜 별로잖아요?"라고 솔직히 말해서 모두에게 이상한 시선을 받았다.

나는 회사원으로서 말해도 되는 것과 안 되는 것을 구별하지 못했다. 돌이켜보면 학창 시절에도 비슷한 짓을 저질러서, 작품을 비난했다느니 트집을 잡았다느니 하며 동기가 내 멱살을 잡은 적이 몇 번이나 있었다.

다양한 일을 처리하며 팀플레이를 하고, 뭔지 모를 잡무에 쫓기면서도 마감을 지키는 것을 회사원인 나는 전혀 하지 못했다. 머리가 혼란스러워서 업무의 우선순위를 판단하지 못했다. 마감을 지킨 적이라곤 손에 꼽을 정도로 적었다. '이 일은 반나절이면 충분해'라고 나를 과신한다. 나를 둘러싼 환경이 학창 시절과 완전히 달라졌는데, 내 사고방식은 그때 당시와 조금도 달라지지 않았다.

아무도 대놓고 말하진 않았으나 디자인실의 무능한 사원이란 틀림없이 나였고, 뒤에서 "회사 창립 이래 최대의 인사 실수"라는 소리를 하는 것도 안다. 그런 곳에 매일 정해진 시간에 출근해야 하니까 지긋지긋했다. 그렇지만 먹고살려면 이 회사에 붙어 있어야 한다.

그렇게 지내던 때, 대학 동기인 디자이너가 대학 시절에 그린 내 일러스트를 쓰고 싶다고 연락해서 희미한 빛이 보였다. 일러스트 재고야 넘치도록 있으니까 그중에서 고르라고 하면 그만이었다. 당연히 마감도 없다. 그 친구가 권해서 나는 개인 사이트를 만들어 과거 작품을 계속 업로드했다. 자잘한 일감이 늘던 시기, 야마시타 씨가 내게 연락했다.

'우에무라 씨의 새로운 그림을 보고 싶습니다. 지금까지와 터치가 조금 다른 것을요.'

메일을 주고받다가 그런 말을 듣고 긴장했다. 회사에 입사한 지 5년이나 지났으나 새로운 그림을 거의 그리지 않았다. 회사 생활을 하는 것만으로 하루 대부분의 시간이 소비되었다. 집에 오면 그림을 그릴 기력도 체력도 남아 있지 않았다. 게다가 그려야 한다고 생각하면 꼭 그때 이상하게 책을 읽고 싶고, 영화를 보고 싶고, 게임을 하고 싶어졌다. 퇴근하면 소파에 뒹굴며 자기 직전까지 스마트폰을 들여다볼 때도 있었다. 정신을 차리면 한밤중이어서 다음 날 벌써 몇 번이나 했는지도 모를 지각을 해 상사의 매서운 시선을 받았다.

그런 생활에 지치기도 했고, 계속 이렇게 살다가는 나 자신이 싫어질 것 같았다. 회사원으로서 나는 무능한 인간이지만, 가능하면 가까운 장래에 프리랜서로 혼자 일하면서 일러스트에만 집중하며 살아갈 수 있을지도 모른다는 생각이 문득 들었다. 그러니 야마시타 씨의 업무 의뢰는 둘도 없는 기회라고 스스로 되뇌었다. 의뢰받은 일러스트의 초안에도 정성을 기울였다고 생각한다(그렇지만 그 그림은 하룻밤, 아니 세 시간 만에 그린 것이긴 하다). 내 그림을 그렇게까지 칭찬해준 야마시타 씨의 기대에 부응하고 싶었다. 하지만 초안 제출까지 포함하면 한 달에 두 번의 마감……. 거기에 회사 업무의 마감도 겹친다. 정말로 할 수 있을까…….

"니토리* 앞에서 몇 시간이나 기다리게 할 셈이야? 이게 몇 번째야? 몇십 번째냐고!"

마미가 여벌 열쇠로 문을 열고 잔뜩 화를 내며 집에 들어왔다. 앞에 놓인 쓰레기 봉지를 걷어차며 화를 냈다. 그때 내가 게임 컨트롤러를 들고 있었던 것도 마미의 분노에 기름을 들이부었나 보다. 마미를 본 순간 큰일 났다, 하고 생각했으나 약속 시간을 까맣게 잊은 것은 사실이었다. 스마트폰을 무음 모드로 해놓고 소파에 던져둔 채였다. 변명할 생각은 없지만, 휴일인 일요일 오전부터 야마시타 씨가 의뢰한 일러스트 초안을 그렸다. 마미와 만나기로 한 시간까지 할 생각이었는데 제일 먼저 스마트폰 알람 설정을 까먹

* 일본 인테리어 및 가구 업체.

었다. 화장실에 다녀오면서 냉장고를 열고 보리차를 마셨고, 찾고 있었던 피카소 화집이 소파 위에 있어서 그걸 보다가 바닥에 굴러다니던 컨트롤러를 집어 들고……. 지금까지 내가 뭘 했는지 머릿속으로 재생했다. 그걸 말해봤자 앞에 선 마미의 분노에 더욱 기름을 들이부을 뿐이다. 나는 손이 닳도록 그저 사과했다.

"미안해……."

"마음이 전혀 안 담겼잖아! 사실은 자기가 잘못했다고 생각 안 하지?"

회사 상사에게 늘 듣는 말을 마미도 했다. 내가 100퍼센트 잘못했지만 그래도 마음이 축 가라앉았다. 마미가 화를 낼 때면 3년 전에 돌아가신 어머니가 생각난다.

"학교 프린트물은?"

"숙제는 다 했니?"

"또 깜박했지!"

어려서부터 나는 그런 소리만 들으며 컸다. 부모님 곁을 떠난 후로 대학에서는 마미가 엄마나 마찬가지였다. 입학하자마자 같은 학부인 마미와 만나지 않았다면, 나는 수강 신청조차 혼자 못 했을 테고 과제 마감 기한도, 졸업 작품 제출 기한도 지키지 못했을 것이다. 마미에게 듣는 말은 어린 시절 듣던 말과 거의 똑같다. 즉, 나는 어렸을 때 이후 전혀 성장하지 못한 셈이다. 실제로 마미의 친구에게 "너희는 연인 사이가 아니라 꼭 엄마랑 아들 같다"라는 말을 들은 적도 있다.

그래도 나는 마미를 좋아했다. 대학에 입학하자마자 만나기 시작했고, 헤어졌다가 다시 만나기를 반복하면서 벌써 9년이나 사귀었다. 일시적인 이별의 원인은 늘 한심한 나 때문이었지만, 그래도 마미는 몇 번이나 내 곁에 돌아와주었다. 고교 시절에도 여자 친구는 있었지만 내게 마미와의 연애는 처음이나 마찬가지인 경험이고, 마미는 처음으로 사귄 연인이라 할 존재이며, 마미에 대한 내 마음은 대학 시절부터 쭉 변하지 않았다.

언젠가 마미에게 "이렇게 멍한 남자랑 왜 만나줘?"라고 진지하게 물어본 적이 있다.

"그야 자기는 다른 남자처럼 바람도 안 피우고, 언제나 나만 보니까."

다른 남자가 누구야, 라고 물을 뻔한 것을 필사적으로 참았다.

"게다가 자기의 단점은 멍한 것뿐이잖아. 성격도 나쁘지 않고, 나한테 항상 다정하고, 회사 불평도 언제나 들어주고."

마미가 그렇게 말하니까 좋아서 나도 모르게 표정이 풀어졌다.

그런 말을 해줬던 마미가 지금은 내 눈앞에서 염라대왕처럼 마구 분노했다.

"대체 왜 일주일 만에 이렇게 지저분해지는데!"

마미가 날카로운 목소리로 외치며 바닥에 쌓인 옷의 산더미를 걷어찼다.

"같이 살기 시작하면 집안일은 반반이야. 나도 일하니까!"

그렇게 말하면서도 마미는 산더미처럼 쌓인 빨래에서 수건을 골라내 무릎 위에서 개키기 시작했다. 나는 묵묵히 마미처럼 수건을 개켰다. 그런데 내 어설픈 손놀림이 마음에 들지 않는지, 마미가 내게서 수건을 빼앗더니 집어 던졌다. 수건 태그가 내 뺨을 때렸다. 마미와의 약속을 어긴 내가 잘못했다.

"정말 미안해. 정말, 진짜로 미안해."

사과하는 나를 무시하고 마미가 일어나 집에서 나가려고 했다.

"잠깐만 기다려!"

나는 그렇게 말하며 집 열쇠를 찾았다. 책상, 소파, 침대

위는 물론이고 거의 기어다니며 바닥을 더듬는 나를 마미가 현관에 서서 냉랭한 눈으로 바라보았다. 꼭 이럴 때면 중요한 물건이 보이지 않는다. 시험을 치를 때는 수험표를 깜박했고, 처음으로 해외여행을 갈 때는 여권을 깜박했다. 열쇠나 스마트폰을 어디 놓고 잃어버리는 건 내게는 일상다반사로 생기는 일이었다. 마미가 어이없어하며 요란한 소리를 내면서 현관문을 닫고 가버렸다. 쫓아가는 게 좋을지도 모르나 내게 그럴 자격이 있기나 할지 생각하자 바닥에서 일어날 수 없었다. 나는 도대체 얼마나 무능한 인간인 걸까.

마미에게 몇 번이나 라인과 문자를 보냈으나 답이 없었다. 마미도 걱정이지만(지금까지 이런 적이 몇 번이나 있었으니까 대수롭지 않게 여겼다고도 할 수 있다), 지금 내가 가장 힘을 쏟아부어야 하는 것은 야마시타 씨와 약속한 일러스트 초안이었다. 회사에 다니면서 일러스트를 그리는 것이 이렇게 힘들 줄은 미처 몰랐다. 대학 시절에는 과제를 해도 남아돌 만큼 시간이 있었으니까 얼마든지 일러스트에만 집중할 수 있었다. 그 무위한 시간이 그리웠다.

결국 나는 초안을 마감에 맞추지 못해 야마시타 씨에게 며칠만 마감을 미뤄달라고 했다. 야마시타 씨에게 메일을 쓰는데 얼굴에서 불이 날 정도로 부끄러웠다. '아직 여유가 있으니 괜찮습니다'라는 야마시타 씨의 메일이 표시된 스마트폰에 대고 고개를 숙였다.

얼른 집에 가서 초안을 완성하고 싶은데, 하필 이럴 때 퇴근 직전에 무의미한 회의나 잔업이 잡힌다. 이런 건 내일 해도 되지 않나요, 라고 속으로만 중얼거렸다고 생각했는데 나도 모르게 상사를 향해 마음의 소리가 나와버렸다. 이런, 싫었을 때는 이미 늦었다. 소리로 나온 말을 다시 입에 넣을 수는 없다.

"우에무라 씨는 여전히 분위기 파악을 못 하네."

상사가 웃으며 말했지만, 그 자리의 분위기가 얼어붙은 것쯤은 나도 알았다.

"죄송합니다. 잠깐 머리 좀 식히고 오겠습니다."

나는 그 말을 남기고 사무실에서 나갔다. 자판기에서 블랙커피를 뽑아 마시며 스마트폰으로 스케줄을 확인했다. 잠을 안 자면 된다는 생각이 문득 들었지만, 그랬다가는 틀림없이 회사에 지각하거나 결근하게 된다. 무능한 사원이라고 불리더라도 지금 이상으로 내 인상을 악화시키는 일만은 피하고 싶었다. 반쯤 남은 캔 커피를 들고 사무실로 돌아오자, 내 얘기를 하는 익숙한 목소리가 들렸다.

"일에 집중 못 하고 시간도 못 지키고 분위기 파악도 못 하고, 우에무라 씨는 ADHD 아닐까."

걸음을 멈출 뻔했지만 그래도 내 책상으로 걸어갔다. 킥 킥 웃는 소리, 속닥거리는 목소리, 그 전부가 내 이야기를 하는 것만 같았다. 그래도 야근을 했다. 우에무라 씨는 ADHD 아닐까, 라는 말에 지지직 낙인찍히는 기분을 느끼면서.

녹초가 되어 돌아왔지만 곧바로 일러스트를 그리기 시작했다. 그러나 집중하지 못하겠다. 아까 들은 말이 생선 잔가시처럼 마음 어딘가에 걸려 있었다. ADHD라는 말은 들어본 적 있으나 네가 그거라는 말을 들은 건 처음이었다.

스마트폰으로 검색했다. 사이트가 여러 개나 줄줄이 나왔다. 자가 진단 테스트도 몇 개나 있었다. 질문에 답을 해봤다. '계획성이 필요한 작업을 할 때 작업할 순서를 세우는 데 어려움을 겪은 적이 어느 정도 빈도로 있습니까?' '약속이나 꼭 해야 하는 일을 잊어버린 적이 어느 정도 빈도로 있습니까?' 모든 질문이 급소를 찌르는 것 같아서 글을 읽는 데 겉돌았다. 결과는 '성인 ADHD 증상이 있을 가능성이 있습니다. 가능하면 의사와 상담하세요'였다……. 입이 바짝 말랐다. 감기에 걸린 것도 아닌데 이상하게 목이 찢어지는 것처럼 아팠다. 사이트를 스크롤하다가 ADHD였던 유명인이라는 글자에 시선이 멎었다. 에디슨, 고흐, 피카소. 피카소라는 글자가 반짝여 보였다. 나는 바닥에 펼쳐놓은 피카소 화집을 집어 들었다. 평생에 걸쳐 화풍을 다양하게 바꾼 피카소. 그가 정말 ADHD였더라도 위대한 예술가였으니까 허용되지 않았을까. ADHD 회사원, 하지만 일러스트레이터도 못 되는 나는 어떻게 살아가야 하는가. 전혀 짐작이 가지 않았다.

나는 바닥에 드러누워서도 화집을 넘겼다. 이 화집에서 제일 좋아하는 그림 페이지에 손가락이 멎었다. 내가 피카소의 작품 중 제일 좋아하는 그림은 '파이프를 든 소년'이라는 평범한 그림이다. 파란 옷을 입고 머리에는 어째서인지 화관을 쓰고 파이프를 든 음울한 소년의 그림. 기억이 어린 시절로 거슬러 올라갔다. 아버지나 어머니에게 한심하다고 심하게 혼났을 때, 나는 늘 이 화집을 펼쳤다. 할아버지에게 받은 것이다.

공부를 잘하는 우수한 형과 운동을 잘하고 활발한 남동생 사이에 낀 나는 집 어디에서도 편하게 있지 못했다. 어머니나 아버지에게 혼나는 건 언제나 나였고, 혼나기만 하는 나를 형이나 남동생이 싫어하는 것을 대충 피부로 느꼈다. 유

일한 내 편은 별채에 살던 할아버지였다. 혼나면 나는 마치 도망치는 것처럼 별채로 갔다. 할아버지는 미술 선생님이었다. 공부도 운동도 뭐든 잘 못하는 내게 피카소를 알려준 분도, 디자인 기초를 가르쳐준 분도 할아버지였다.

할아버지는 늘 파이프 담배를 피웠다. 할아버지와 할아버지 방에서는 평범한 담배와 다른 독특한 냄새가 사라지지 않았다. 고등학생 때 할아버지 파이프를 몰래 입에 댔다가 아버지에게 뺨을 언어맞은 적도 있다. 부모님이 반대한 미대 진학을 끝까지 응원해준 분도 할아버지였다. 내가 대학에 들어간 해에 돌아가셨지만. 도쿄에 있었던 탓에 할아버지의 임종도 지키지 못했다. 3년 전에 교통사고로 허무하게 돌아가신 어머니 때도……. 한심한 나는 어머니에게 늘 부담만 드렸다. 어려서부터 칭찬하는 말보다 혼내는 말을 더 많이 들었다. 나는 언제나 칠칠치 못한 아들이었다. 지금도 다르지 않다. 화집 페이지를 넘길 때마다 가족과의 씁쓸한 기억만 자꾸자꾸 되살아났다. 마지막 페이지까지 다 보고, 마지막으로 한 번 더 '파이프를 든 소년'을 봤다. 이 소년의 표정이 지금 나와 비슷한 것 같다고 생각하자, 내 마음이 너무도 쉽게 어두운 쪽으로 굴러가는 것 같았다.

다시 스마트폰을 봤다. 아까 검색한 페이지를 스크롤하자

'삶이 버겁게 느껴지지 않나요?'라는 문장이 눈에 들어왔다. 삶이 버겁다는 말을 지금 처음 본 것은 아닌데, 아하, 지금 내 상태를 삶이 버겁다는 말로 표현할 수 있겠구나, 하고 왠지 모르게 납득했다.

　마미는 싸움 같은 건 잊은 듯이 다시 집에 찾아왔다. 지난번의 내 실수를 용서했다기보다 포기한 것이 맞으리라. 그래도 마미는 내 곁을 떠나지 않는다. 그 점에 언제나 고맙다. 그러니 지금 상황을 어떻게든 하고 싶었다. 나는 마미에게 ADHD일 가능성이 있으니 마음 클리닉에 가서 치료받고 싶다고 말했다.

　"어? 마음 클리닉이라니……. 그렇게까지 해야 해?"

　마미의 얼굴이 순식간에 어두워졌다.

　"주변에 민폐만 끼치는 인간인 거 자기가 제일 잘 알잖아. 그걸 어떻게든 하고 싶어. 지금 나를 나아지게 할 방법이 있다면 뭔지 알고 싶어. 그러기 전에 우선 제대로 진단을 받아볼래. ……뭐, 아마도, 아니 100퍼센트일 거야. 이거 봐."

　나는 '성인 ADHD 증상이 있을 가능성이 있습니다. 가능하면 의사와 상담하세요'의 페이지 캡처를 마미에게 보여주었다. 마미의 표정이 더욱 어두워졌다.

"이 근처에 마음 클리닉이 있더라. 역 근처에. 병원이 멀면 나는 지각만 하다가 금방 안 가게 될 거야. 정말로 ADHD인지 진단받고, 필요하다면 치료도 받겠어. 또 진단하려면 성장 환경 같은 것도 알아야 한다는데, 나는 어머니가 이미 돌아가셨고……. 그러니까 자기가 같이 가주면 좋겠어. 대학 시절에 내가 얼마나 형편없었는지 자기라면 얼마든지 말해줄 수 있잖아."

마미는 말없이 내 얼굴을 바라보았다.

"솔직히 혼자 가는 건 불안해……."

그게 내 진심인 것을 마미도 알아주었나 보다.

"알았어……."

또 마미에게 기댄다고 생각하며 나는 고개를 숙였다.

다음 날, 나와 마미는 동네의 마음 클리닉에 찾아갔다. 내가 사는 맨션에서 역까지 가는 길에 있는 병원이었다. '시이노키 마음 클리닉'이라는 작은 간판이 없다면 마당 딸린, 아주 평범한 이 가정집이 마음 클리닉인 줄 알아차리는 사람이 적을 것이다. 현관 초인종을 누르자, 머리가 짧은 중년 여성이 문을 열었다. 꼭 남의 집에 초대받은 것 같았다. 여성의 뒤를 따라 복도를 걷자, 대기실로 쓰는 다다미실에 몇 명인가 사람이 있었는데, 다들 조용히 책을 읽거나 스마트폰을 보고 있었다. 다들 평범한 사람으로 보였다. 마음이 병든 사람처럼 보이지 않았다. 그 사실이 오히려 두렵기도 했다. 어떤 사람이든 마음이 병들 가능성이 있다고 알려주는 것 같았다.

문진표를 작성하고 잠깐 있자, 좀 전의 여성이 불렀다. 마미와 같이 방에 들어갔다. 여성이 명함을 내밀었다. 작은 카드에 '상담사 시이노키 사오리'라고 적혀 있었다. 이 사람도 병원 직원인 걸 알고 놀랐다. 백의도 입지 않았다. 평범하게 가느다란 깅엄체크가 들어간 원피스를 입었다. 돌아가시기 전의 어머니보다 젊어 보였다. 나는 질문받는 대로 내 이야기를 했다. 회사에 다니면서 일러스트를 그리는 것, 아마도 ADHD여서 옆에 같이 와준 연인이나 회사 동료에게 많은 불편을 끼친다는 것. 사오리 선생님은 차트 같은 것에 만년필로 서걱서걱 내 말을 받아 적었다.

"지금 자기 자신에 대해 어떻게 생각하나요?"

사오리 선생님이 고개를 기울이며 물었다.

"저는 손쓸 수도 없는 형편없는 인간이에요……."

"완벽한 인간은 세상 어디에도 없어요."

솔직히 말해서 갑자기 들은 그 말에 나도 모르게 울 뻔했다.

마미도 사오리 선생님이 묻는 대로 대답했다. 대학 시절,

지금 내 생활. 과제의 기한을 맞추지 못하는 면……. 지각, 깜박깜박 잊고 물건을 자주 잃어버린다……. 옆에서 듣기만 해도 역시 나는 구제하지 못할 인간이라는 생각이 들었다. 내 표정이 우울해진 것을 알았는지 사오리 선생님이 장난스러운 목소리로 말했다.

"어렸을 때 어머님께 깜박깜박 대마왕이라고 불리지 않았어요?"

정말 그랬다.

문진을 마치고 의사와 만났다. 복도 안쪽 진찰실의 장지문을 열자, 사오리 선생님과 비슷한 나이에 수염을 기른 남성이 커다란 나무 책상 너머에 있었다. 그가 내민 종이 명함에는 '시이노키 준'이라고 적혀 있었다. 사오리 선생님의 남편일까? 그렇게 생각하며 책상 앞에 놓인 의자에 마미와 둘이 앉았다. 준 선생님이 문진표를 살펴보았다. 준 선생님에게서도 몇 가지 질문을 받았고 나는 대답했다. 내 알몸을 속속들이 드러내는 것 같아서 마음이 지쳤다. 내가 작게 한숨을 쉬자, 준 선생님이 "괜찮아요, 여기에 올 수 있었으니까"라고 맑은 목소리로 말했다.

"확실히 ADHD일 가능성이 높다고 할 수 있어요. 그래도 짧은 시간의 문진만으로는 진단하기 어려울 때도 많아요.

또한 설령 ADHD여도 약으로 금방 쉽게 낫는 것도 아니지요. 물론 일에 집중할 수 있게 약을 처방하겠습니다. 지금 곤란을 겪는 점을 어느 정도는 개선할 수 있을 겁니다. 그보다도 우에무라 씨의 일상생활을 쾌적하게 정비하는 것을 최우선으로 삼아봅시다……. 그래도 우에무라 씨, 분명 괜찮을 겁니다."

"네?"

"자기의 부족한 면을 보완해줄 사람이 있다면, 그 사람이 자기편이 되어주면 이미 절반은 나았다고 봐도 돼요. 우에무라 씨에게는 이미 그런 존재가 있지 않나요?"

그렇게 말하며 준 선생님이 마미를 봤다. 마미와 나는 얼굴을 마주 보았다. 그렇게 생각해서인지 마미의 얼굴이 붉었다.

"사오리 선생님이 생활 쪽 조언을 할 텐데, 우에무라 씨, 아마 늘 듣는 소리라거나 시시한 소리라고 생각할 수도 있습니다. 그래도 그런 것 하나하나가 생활을 쾌적하게 한다고 믿어주면 좋겠어요. 그러니 최대한 지킬 수 있게 노력해주세요. 그럴 수 있을까요?"

"……알겠습니다."

나는 진지하게 고개를 끄덕였다.

그 뒤에 사오리 선생님이 알려준 생활 쪽 조언은 정말 아주 사소한 것이었다. '열쇠나 스마트폰은 자리를 정해두고 사용한 뒤에 그 자리에 놓을 것' '일러스트 작업을 하는 책상에는 일러스트와 관련 없는 물건을 두지 말 것' '일러스트를 그릴 때는 스마트폰을 무음 모드로 하고 멀리 둘 것' '회사에서 일을 쉽게 받지 말 것. 안 되는 일은 안 된다고 처음부터 원만하게 말해둘 것' '업무나 생활에서 뭔가 도움을 받으면 반드시 고맙다고 말할 것'……. 준 선생님의 말처럼 솔직히 나는 또 이런 소리냐고 생각했다. 그러나 옆에 앉은 마미는 열심히 메모했다. 그 얼굴을 보며 생각했다. 또 이런 소리냐가 아니다. 해내야 한다. 마지막으로 사오리 선생님과 마미, 두 사람이 대화를 나누고 그날 진료는 끝났다.

나와 마미는 같이 '찻집 준'에 갔다. 오늘은 반창고를 붙여줬던 점장으로 보이는 사람은 없고, 대학생 정도로 보이는 젊은 여자가 주문을 받으러 왔다. 긴장한 탓도 있으리라. 나는 마음 클리닉 첫 방문에 완전히 지쳐버렸다.

"ADHD라고 확실하게 말하진 않았지만 역시 ADHD겠지……. 어려서부터 줄곧 듣던 소리도 다 병 때문이라고 생각하니까 묘하게 납득이 되더라."

"저기, 우리 이제 같이 살지 않을래?"

마미가 내 눈을 똑바로 바라보며 말했다.

"어?"

"그러는 편이 자기한테도, 아니 내가 안심할 거야. 어차피 우리 언젠가 결혼할 거잖아?"

서로 결혼을 가까운 미래라고 생각하긴 했으나, 마미 쪽에서 이렇게 확실하게 결혼을 언급한 것은 아마도 처음이었다. 나는 마미의 기세에 아주 조금 눌렸지만 그래도 말했다.

"그건 그렇지만…… 마미, 우리 엄마 같은 역할을 앞으로 계속할 수 있겠어?"

"그거야 지금도 비슷하잖아. 지금도 엄마나 마찬가지인 걸." 그러면서 마미가 웃었다.

"자기가 정말로 ADHD인지 아닌지는 모르지만, 마음 클리닉에서 약을 처방받거나 조언을 받아야 하는 수준이라고 생각하니까, 이상할지 몰라도 조금은 안심했어. 자기가 그럴 정도의 상태라는 걸 알고 마음이 놓인 건 오히려 나일 거야. 자기가 나쁜 게 아니라 마음 상태에 문제가 있었던 거니까. 그렇게 생각했더니 나, 안달복달했던 마음이 조금은 후련해졌어."

"내가 나쁜 게 아니라 마음 상태에 문제……."

"그래! 그러니까 나, 이제는 자기를 탓하지 않을게. 자기가 편하게 살 수 있게 내가 도울게. 그러니까 자기도 나를 도와줘……. 내가 자기보다야 정리를 잘할지 몰라도 요리는 전혀 못하잖아. 자기는 집은 지저분해도 나보다 훨씬 맛있는 요리를 할 수 있어. ……좀 분하지만. 아무튼 오늘은 선생님 말씀대로 물건 둘 자리를 정하게, 100엔 숍에 가서 필요한 걸 갖추자."

말을 마친 마미가 커피를 한 모금 마시더니 작은 소리로 내게 말했다.

"여기 커피, 진짜 맛있다. 가게는 낡았는데."

찻집에서 돌아오며 나와 마미는 역 근처 100엔 숍에 가서 플라스틱 케이스와 스티커 따위를 샀다. 집에 돌아와서 마미가 하얀 스티커로 스마트폰, 열쇠, 손수건 따위의 라벨을 만들어 케이스에 붙였다. 케이스는 현관 옆 신발장 위에 놓았다. 나는 거기에 스마트폰과 열쇠를 넣고, 서랍에서 손수건을 가지고 와서 넣었다. 다음으로 마미와 함께 한 일은 책상 주변을 정리하는 것이었다. 펜은 펜꽂이에 꽂고, 필요한 자료만 책상 위에 놓고 그 이외는 책장에 넣었다. 마미가 바닥을 보고 크게 한숨을 쉬더니 팔을 걷어붙였다.

"우선 필요 없는 걸 척척 버리자. 그러지 않으면 내 짐이 안 들어가."

그렇게 마미의 지시를 받으며 나는 불필요한 물건은 쓰레기봉투에, 빨 옷은 세탁기에 넣고, 세탁한 옷은 개켜서 서랍장이나 옷장에 넣었다. 본가에 살 때 어머니가 몇 번이나 이렇게 해줬던 것이 자연스럽게 생각났다. 동시에 이번이 마지막 기회라는 생각도 들었다. 지금 달라지지 않으면 나는 아마도 평생 이대로일 것이다. 약도 먹고 상담도 받는다. 그러니 달라져야 한다. 지금.

그로부터 일주일 후, 마미가 아주 깔끔해진 우리 집으로 이사 왔다.

"약 먹었어? 스마트폰이랑 열쇠, 오케이?"

출근하기 전에 마미가 반드시 확인했다. 마미가 더 일찍 나갈 때는 문손잡이에 붙인 포스트잇 메모를 보고 소지품을 확인했다.

마미의 회사가 나보다 야근이 많으므로 마미가 집에 올 때까지는 딴 데 정신 팔지 않기로 정하고 책상에 앉아 일러스트 초안을 그렸다. 준 선생님 말에 따르면 복용하기 시작한 약의 효과가 바로 나오지는 않는다는데, 그래도 확실히 전보다 일러스트에 집중할 수 있었다.

회사 생활은 여전했다. 내게 붙은, 무능한 사원이라는 딱지는 쉽게 떼어내지 못할 것 같다. 동료나 상사에게 마음 클리닉에 다닌다고 말하지 않았다(애초에 그런 잡담을 나눌 사람이 사내에 없었다). 그래도 '회사에서 일을 쉽게 받지 말 것'과 '뭔가 도움을 받으면 반드시 고맙다고 말할 것', 이 두 가지만은 지키겠다고 속으로 맹세했다. '일을 쉽게 받지 말 것'이란 나에게 '불필요한 야근을 하지 않는 것'이란 의미이기도 했는데, 일부러 '분위기 파악 못하는 무능한 사원'이 되어 시치미 뗀 얼굴로 "먼저 퇴근하겠습니다"라고 말하며 평소보다 일찍 퇴근하기로 했다. 내가 회사에서 나간 뒤에 무슨 소리를 하든 좋다. 지금 내게는 야마시타 씨와 한 마감 약속을 지키는 것이 제일 중요하니까.

나는 마미가 집에 올 때까지 책상에 앉아 일했다. 내가 만든 간단한 요리로 같이 저녁을 먹고 마미가 자러 간 뒤에도 계속 일러스트를 그렸다. 아직 부족해, 더 잘 그릴 수 있어, 마음은 간절한데 펜이 그 이상으로 나아가주지 않는다. 그럴 때 문득 스마트폰을 찾는 나를 깨닫고 스스로 혼냈다. 스마트폰은 현관 옆 신발장 위에 있는데, 손에 드는 순간 끝장이다. 게임기는 마미가 이사 왔을 때 벽장 안쪽에 넣어두었다. 내가 손에 들 수 있는 것은 책상 위에 쌓인 화집뿐이다. 일러스트에 집중할 수밖에 없다. 한 번 연장해달라고 부탁한 마감이 내일이다. 나는 거의 자지도 않고 일러스트 초안을 완성했다. 솔직히 만족할 만한 결과물이라고 할 순 없다. 그래도 약속은 지켰다. 새벽이 밝기 전에 야마시타 씨에게 메일을 보냈다. 슈웅, 하는 메일 송신음을 들으며 나는 지금까지 느껴본 적 없는 만족감과 고양감을 느꼈다. 그러나 그것도 잠깐이었다.

'······상상했던 것과 조금 달라서요. 몇 장쯤 추가로 더 부탁드릴 수 있을까요?'

회사 점심시간, 식당으로 가던 육교 위에서 야마시타 씨의 메일 답변을 읽고 내 발이 멈춰버렸다. 별로였구나, 하는 낙담과 추가로 또 그려야 한다는 말이 겹쳐서 내 발걸음을 무겁게 했다. 메일을 한 번 더 읽었다. 야마시타 씨의 정중한 말투에 더 타격이 컸다. 회사에 다니며 일러스트를 그리는 건 역시 내게 너무도 어려운 일이었다. 그러나 일러스트를 그리지 않으면 나는 그저 무능한 사원일 뿐이다. 그런 나는 내가 생각해도 싫다.

그런데도 나는 그 사실에서 도망치고 싶어서 집 책상에 앉지 않았다. 책상에 앉을 시간을 줄이려고 일부러 야근을 하는 나를 동료가 의아한 눈으로 봤다. 회사에서 돌아와 소파에서 뒹굴며 스마트폰을 보면서 무의미한 시간을 보냈다.

저녁밥은 만들었지만 부엌 정리는 하지 않았다. 사용한 식칼도 채소 부스러기도 그대로 뒀다. 예전의 나로 차근차근 돌아가고 있었다. 퇴근하면 걷으라고 마미가 시켰던 빨래도 밤바람을 맞으며 휘날렸다.

"저기, 일러스트는?"

퇴근한 마미가 지저분한 집을 쭉 둘러보고, 소파에 누운 내게 조금 짜증이 난 태도로 물었다.

"마감이 있지 않았어?"

"나한텐 역시 무리였어. 나는 재능이 없어. 어차피 안될 거야."

"일러스트를 그리지 않는 자기는 싫어! 꿈이 있으니까 자기를 도운 건데. 자기는 일러스트를 그리지 않았다면 그저……."

마미는 마지막까지 말하지 않았다. 그게 마미의 진심이라는 걸 알았다.

"……나 오늘은 친구 집에서 잘게."

대학 시절 친구의 이름을 대고 마미가 조용히 나갔다. 나는 붙잡지도 못하고 소파에 누워 있을 뿐이었다. 마미가 문을 연 순간, 희미하게 빗소리가 났고, 비 냄새가 집 안으로 들어왔다. 냉큼 우산을 가지고 나가지도 못하고, 내 몸은 마치

접착제로 붙여놓은 것처럼 소파 위에서 꼼짝하지 못했다.

야마시타 씨에게 '더는 못 하겠습니다'나 '시간을 좀 더 주세요'라고 답변을 보내지도 않고 시간이 흘러갔다. 마미에게서는 아무런 연락도 없었다. 이제 연락도 오지 않을지 모른다고 자학적인 기분을 느끼면서도 주말이면 시이노키 마음 클리닉에 갔다. 사오리 선생님과 상담하는 시간만이 내 마음을 드러낼 수 있는 시간이었다.

"……저는 진짜 형편없는 인간이에요."

"왜 그렇게 생각해요?"

"주의 산만하고 건망증이 심하고. 사회의 규칙도, 매뉴얼도 지키지 못해요. ……좋은 면이라곤 없잖아요?"

"주의 산만한 건 다양한 일에 호기심이 있기 때문이고, 규칙이나 매뉴얼을 지키지 못하는 건 창의적인 면이 뛰어나기 때문이며, 건망증이 심한 사람은 뒤끝 없는 사람이라는 증거인걸요."

사오리 선생님의 말은 막힘없었다.

"그래도 저는…… 아무것도 못 해요. 사회인으로서 가치가 제로예요."

"회사에 다니면서 일러스트도 그리잖아? 그것만으로도

대단하다고 생각하지 않아요? 마미 씨는 당신이 그리는 일러스트를 아주 좋아한대요."

"마미가……."

마음이 꽉 꼬집힌 기분이었다.

"우에무라 씨가 그린 그림을 좋아하니까 우에무라 씨를 받쳐주겠다고 했어요. 그런 사람이 한 명이라도 있다니 아주 큰 행운 아닐까?"

"……그래도, 마미도 이제 우리 집에서 나갔어요."

"그랬구나……. 싸움이라도 했어요?"

"제가 한심하니까 그래요. 일러스트를 그리지 않는 저는 그저……."

그 후로는 제대로 말이 나오지 않았다. 사오리 선생님 앞에서는 울지 않겠다고 생각했는데 눈물이 끝없이 흘렀다. 사오리 선생님이 티슈 상자를 쓱 내밀었다. 차가 식었을지도 모르겠다며 내 찻잔에 아직 조금은 따뜻한, 아마도 허브 차를 따라주었다. 찻잔을 두 손바닥으로 감싸고 차를 홀짝였다.

"우리 클리닉에는 마음이 아주 조금, 아니 심하게 지친 사람이 많이 와요. 인간이잖아요, 누구에게나 그런 시기가 있어요. 그래도 인간은 원래 완전한 동그라미가 아니고, 누구든 어딘가 부족한 부분이 있어요. 나도 그렇고······."

"선생님도, 그러세요?"

"이렇게 저 잘났다는 듯이 사람들을 대하지만, 연약한 마음으로는 누구에게도 지지 않는다고 자신해요."

그러면서 사오리 선생님이 코 옆에 가늘게 주름을 지으며 조용히 웃었다.

"누구든 무리하다 보면 마음이 지치죠. 다들 자기 인생이 완벽하기를 추구할 테지만, 그러다 보면 어쩔 수 없이 마음에 부담이 가요. 적당하게 하는 게 좋아. 인생은 기니까. 그리고."

거기까지 말하고 사오리 선생님도 차를 마셨다.

"이렇게 병원에 오는 것만으로도 아주 큰 용기가 필요하잖아? 마음이 지친 사람을 도와준다고 말하면 너무 주제넘겠지만, 우리 클리닉에 와서 조금 쉬면 다들 건강해져서 떠나요. 그게 참 기쁘답니다. 우에무라 씨, 우리 클리닉에 와줘서 정말 고마워요."

그렇게 말한 사오리 선생님이 내게 고개를 숙였다.

"아니······ 도움을 받는 건 저인걸요."

나도 고개를 숙였다.

"지금 우에무라 씨의 생활을 조금 정리해볼까요? ······지금 우에무라 씨 마음에 제일 걸리는 일은 뭐죠? 마음을 괴롭히는 원인이 뭐라고 생각해요?"

마음에 걸리는 것, 마음을 괴롭히는 것은 야마시타 씨에게 답 메일을 보내지 않은 것, 그리고 마미다. 사오리 선생님에게 그렇게 말했다.

"우선 야마시타 씨라는 분에게 메일을 보내볼까요? 그분도 우에무라 씨한테서 연락이 없어서 걱정하고 있을지도 모르고. ……조금 더 마음에 여유가 있다면 마미 씨에게도 연락해봐요. 마미 씨가 지금은 우에무라 씨와 조금 거리를 두고 싶을지도 모르지만. ……그래도 괜찮아요. 두 사람은 분명히 괜찮을 거야."

사오리 선생님은 그렇게 말했지만 나는 조금도 자신이 없었다. 그래도 집에 돌아오자마자 야마시타 씨에게 사죄의 메일을 보냈다. 곧바로 스마트폰에 전화가 왔다. 야마시타 씨였다.

"말씀이 없어서 어디 아프신 건 아닌가 걱정했습니다."

야마시타 씨에게는 보이지도 않을 텐데 나는 고개를 숙이며 입을 열었다.

"저야말로 정말 면목 없습니다. 지금 회사 업무에 쫓기느라 좀처럼 연락도 못 드리고……."

이건 거짓말이지만, 이런 식으로 돌려서 말할 수 있게 된 것도 그 클리닉에 다닌 덕분일지도 모른다.

"초안 감사히 받았습니다. 그 그림도 정말 멋있었어요. 다만 저는 우에무라 씨라면 더 멋진 그림을 그릴 수 있을 것 같아서……. 우에무라 씨, 아직 시간상으로 여유가 조금 있으니까 우리 같이 조금만 더 매달려보면 어떨까요?"

우리 같이, 라는 말이 솔직히 기뻤다. 전화를 끊은 나는 곧바로 책상에 앉았다. 마미에게 라인으로 계속 메시지를 보냈으나 읽지도 않았다. 만약 마미가 내 곁에서 떠나면 어쩌지, 하는 불안으로 마음이 기울어지려고 했다. 그래도 우리는 지금까지도 몇 번이나 다시 시작했다. 사오리 선생님이 해준 괜찮다는 말을 부적처럼 품고 일러스트 초안을 그리고 또 그렸다. 그린 다음에는 보내고, 몇 번이나 지적을 받고, 그러면서도 그렸다. 내가 할 수 있는 일은 그리는 것뿐이다. 회사 일을 마치면 냉큼 책상에 앉았다. 스마트폰 알람을 설정해 시간을 구분했더니 예전보다 집중할 수 있었다. 내가 생각해도 이거라면 괜찮다 싶은 일러스트를 완성한 것은 그로부터 나흘 후, 나는 일러스트 데이터를 야마시타 씨에게 보냈다. 휴우, 깊은 한숨이 나왔다. 집 안을 둘러보았다. 전처럼 쓰레기봉투가 뒹굴진 않아도 정리 정돈이 잘되었다고 할 순 없다. 마미가 100엔 숍에서 사서 만들어준 소품 케이스에 내 시선이 멎었다. 마미가 적은 라벨의 글자를 보고 나는 마음을 정했다. 마미가 돌아오기를 기다리지 말고 이번에는 내가 마미를 데리러 가겠다고. 집을 정리하고, 마미의 친구 집에 갔다.

"너희, 대체 몇 번을 깨졌다 붙어야 직성이 풀리니? 그럴 때마다 내가 불편하거든? 그만 됐으니까 결혼이든 뭐든 하란 말이야."

마미의 친구가 내 얼굴을 보고 웃으며 말했다.

"이제 이번이 마지막이니까." 그렇게 말하며 나는 친구 뒤에서 부루퉁한 얼굴을 한 마미의 팔을 잡고 집 밖으로 데리고 나왔다. 마미는 시선을 맞추지 않았지만 그래도 내 뒤를 느릿느릿 따라왔다. 집 열쇠를 꺼내 문을 열었다. 열쇠는 마미가 준비해준 소품 케이스에 넣었다. 대충은 정리된 집을 보고 마미가 눈을 동그랗게 떴다. 마미가 다가간 곳은 컴퓨터 모니터였다. 아까 야마시타 씨에게 보낸 그림이 그대로 띄워져 있었다.

"왠지 그림이 달라졌다."

"그런가……? 나는 전혀 모르겠어."

"박력이 넘쳐. 자기, 대단하다. 재능이 있어. ……나는 미대까지 갔으면서 지금은 평범한 회사원이잖아. 뭘 위해서 부모님께 비싼 학비를 내달라고 했는지 모르겠어…… 잘하는 것도 없고 요리 솜씨도 발전이 없고…… 재능을 살려서 활기차게 살아가는 자기 곁에 있으면 나, 왠지 비굴한 기분이 들 때도 있었어……"

그러더니 마미가 울기 시작했다. 내 옆에 있으면 마미가 비굴해진다니, 처음 듣는 말이었다.

"그래도 자기, 사회인으로서 잘해내고 있잖아. 나는 정리도 전혀 못 해. 그거 내 눈에는 진짜 대단한 능력이야. 나는 ADHD에 회사원 부적합자…… 만년 무능 사원인걸."

"대체 뭐가 무능해? 자꾸 자기 입으로 무능하다는 소리하지 마! 내 기분은 어쩌라고? 그렇게 자기 스스로 무능하다고 말하는 사람을 좋아하는 나는 뭐냐고? 나까지 무능해지는 것 같단 말이야."

"미안……"

"나오야, 앞으로도 스스로 무능하단 소리를 계속할 거면 나, 자기랑 같이 있는 거 정말로 그만두고 싶어. 내가 비참해질 뿐이니까……"

나는 마미의 손을 잡고 비명을 지르는 것처럼 말했다.

"나는 앞으로도 자기와 같이 있고 싶어. 자기가 아니면 안 돼. 우리 몇 번이나 헤어지고 다시 사귀었지만, 나는 앞으로도 평생 자기와 같이 있고 싶어!"

이런 말을 마미에게 한 것은 처음이었다. 마미도 내가 강하게 말하자 놀란 표정이었다.

"시간이 걸릴지도 모르지만, 내가 어엿한 일러스트레이터가 되면 언젠가 자기와 결혼하고 싶어. 나는 이런 사람이니까 좋은 아빠가 될 수 있을지는 잘 모르겠어. 그래도 자기와 나의 아이를 원해. 아마도 나는 앞으로도 자기한테 잔뜩 부담만 줄 거야. 그래도 내 부족한 부분을 고치려고 노력할게. 그러기 위해서 클리닉에도 다닐게. 그렇게 해도 나는 앞으로도 나일 수밖에 없겠지만, 그래도."

그때 소품 케이스에 둔 스마트폰이 진동했다. 왜 하필 이럴 때인가 싶어 손에 쥐었는데, 화면에 야마시타 씨 이름이 떴다. 나는 마미에게 미안하다고 하고 전화를 받았다.

"보내주신 일러스트, 정말 좋았어요!"

야마시타 씨의 목소리가 흥분한 걸 알았다. 전화 너머로 야마시타 씨가 내 그림을 마구 칭찬했다. 이런 거, 학창 시절에도 경험한 적 없다. 낯간지러웠다.

"이걸로 가죠. 연재, 힘들지도 모르나 앞으로 모쪼록 잘 부탁드립니다."

야마시타 씨가 나의 자그마한 미래를 이렇게 약속해줘서 기뻤다. 나는 야마시타 씨와의 통화 내용을 마미에게 말했다. 긴장했던 마미의 표정이 풀렸다. 방금 하던 이야기를 계속해야 할지 고민하는데, 마미가 내 품에 뛰어들었다. 나는 마미의 작은 몸을 끌어안았다. 마미는 절대로 잃을 수 없다고 다시금 생각했다. 마미의 배에서 꼬르륵 소리가 났다.

"저녁도 아직 안 먹었지? 하던 얘기는 나중에 할 테니까 먼저 뭐든 만들어서 먹자. 마미, 거기 앉아 있어."

나는 그렇게 말하고 부엌에 갔다. 냉장고에는 언제였던가 마미가 사 온, 유통기한이 아슬아슬한 중국식 면 두 덩이가 있었다. 거기에 쓰다 남은 햄과 채소칸에 절반 남은 양배추와 시든 당근. 야키소바를 만들려고 식칼을 쥐었다. 햄과 채소를 볶고, 면을 삶았다. 중국식 육수로 즉석 달걀탕도 만들었다. 어느새 마미가 옆에 와서 채소 부스러기와 달걀 껍데기를 정리했다.

"미안……. 요리하면서 정리하지 못해서……."

"내가 정리하면 되니까 문제없어."

거실의 낮은 탁자로 요리를 옮겼다. 마미가 축하주라면서 냉장고에서 캔 맥주를 가지고 왔다. 잔 두 개에 균등하게 따랐다.

"잘 먹겠습니다."

같이 손을 모으고 젓가락을 들었다. 마미가 야키소바를 입에 가득 넣고 맛있다고 연신 말해서 조금 쑥스러웠다. 둘이서 순식간에 야키소바를 먹어치웠는데, 여전히 배가 고팠고 맥주도 좀 더 마시고 싶어서 우리는 편의점에 가기로 했다. 현관 소품 케이스에서 열쇠를 집어 들자, 마미가 "의외로 도움이 되네?"라며 웃었다.

우리는 어린애처럼 손을 잡고 편의점에 갔다. 어느새 계절이 바뀌어 겨울밤 냄새가 났다. 편의점까지는 어둑어둑한 공원 옆을 지난다. 마미가 내게 몸을 기대면서 앞을 본 채로 말했다.

"역시 요리는 자기가 더 잘해. 야키소바, 맛있었어. 분하지만 일러스트도 잘 그리고. 나오야, 이제 자기는 어엿한 일러스트레이터야. 게다가 성격도 나보다 훨씬 좋아. 남을 질투하거나 곡해하거나 삐지지 않지. 자기 자신을 무능하다고 말하지만 나만 아는 좋은 면이 아주 많아. 그건 오로지 나만이 아는 거지. ……솔직히 말하면 아무에게도 알려주고 싶지 않아. ……나오야."

"응?"

마미가 걸음을 멈췄다. 나는 마미와 마주 보았다.

"나랑 언제까지나 같이 있어줄 거야?"

"그건 내가 할 말이야. 마미, 나랑 언제까지나 같이 있어
줘."

어둠 속에서 우리는 끌어안았다. 마미의 머리 꼭대기 자
그마한 가마의 냄새를 맡았다. 마미의 따뜻한 몸이 내 내면
에서 차갑게 쪼그라들었던 부분을 다정하게 녹여주었다.

내가 할 수 있는 일이 있다면 그림을 그리는 것이다. 또
옆에서 받쳐주는 마미를 소중하게 여기는 것이다. 그리고
할 수 있을지는 모르겠지만 나도 마미를 받쳐주는 것이다.

"나는 여전히 나여서 언제까지나 자기에게 부담만 될지도
모르지만, 자기도 자기 자체로 있어줘. 그러니까 앞으로도
내 곁에 있어줘."

품에 안긴 마미가 작게 고개를 끄덕인 것 같았다.

내 마음이 마미에게 제대로 전해졌을지는 자신 없다. 그
래도, 전해지지 않았다면 몇 번이든 이 같은 마음을 전하셨
다고 다짐했다.

마미를 끌어안고 고개를 들자, 겨울 하늘 높은 곳에 조금
이지러진 달이 보였다.

인간은 완전한 동그라미가 아니다. 언젠가 사오리 선생님
이 해준 말이 생각났다. 이제 나는 완전한 동그라미를 꿈꾸

지 않는다. 나는 이지러진 달인 채로 살아가겠다. 이지러진 부분에 분명 마미가 빛을 비춰주리라. 마미에게는 이지러진 부분이 없을 것 같지만, 만약 있다면 내가 거기에 빛을 비춰 줘야지. 앞으로 계속 그렇게.

휘잉, 차가운 바람이 내 뺨을 어루만졌다. 나는 마미를 힘 주어, 힘주어 안았다. 둘이 같이 있으니까 춥지 않았다. 우리 두 사람을 이지러진 달이 언제까지나 비춰주었다.

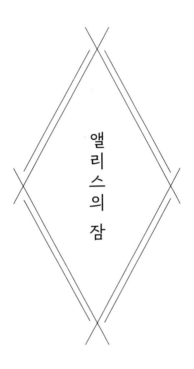

앨
리
스
의
잠

"아사미, 또 똑같은 패턴이잖아!"

미유의 목소리가 커서 술집에 있던 다른 손님들 몇 명이 이쪽을 봤다.

"쉿! 미유, 목소리가 커!"

나는 다급하게 입 앞에 검지를 댔다.

"도대체 몇 번이나 똑같은 일을 반복해야 직성이 풀리겠니?"

그렇게 말하면 할 말이 없다. 미유는 파들파들 화를 내며 묵묵히 맥주를 마시고 월남쌈을 손으로 집어 입에 넣었다.

'일은 어떠니? 대충 일정 맞춰서 근황 보고회 안 할래?'

일주일 전, 미유에게서 연락이 왔다. 둘 다 토요일에는 될 것 같아서, 두 사람의 집 중간 지점인 주오선 고가도로 아래 술집에서 만나기로 했다. 미유는 대학 시절부터 절친이어서 내 연애 편력을 전부 알고 있다.

다른 회사에 취직했지만 둘 다 식품 회사의 영업직으로 직종이 같아서(같다지만 미유 회사는 일류이고 우리 회사는 삼류다), 석 달에 한 번은 근황 보고회라는 명목으로 술집에서 각자 일에 관해 보고하는 것이 우리의 습관이었다. 그래도 일 이야기 같은 건 금방 끝난다. 쓸모없는 상사, 쓸모없는 동료, 쓸모없는 부하, 거기 마트 담당자는 태도가 건방지다 같은 이야기는 30분 정도 하면 충분하다.

맥주잔이 빌수록 사적인 이야기로 옮겨 간다. 오히려 이쪽이 본론이라고 해도 좋다. 미유에게는 대학생 때부터 사귄 애인(나와도 친했던 나카세)이 있어서 교제 기간이 제법 길다.

"이제 타이밍을 봐서 결혼만 하면 돼. 그래도 아이를 생각하면 서두르는 게 좋겠지"라는 미유의 말은 저번에 만났을 때와 다르지 않았다. 둘 다 결혼한다면 서른 살까지는 하고 싶다고 막연하게 생각했는데, 우리는 벌써 스물여덟 살이다.

대학 시절 동기의 결혼 붐은 스물여섯 살에 제1파도가 오고, 스물아홉 살을 앞두고 제2파도가 온다고 한다. 미유도 그 파도에 올라탈지 모른다고 생각하면 내심 마음이 졸아들었다.

이러다 죽겠다 싶을 만큼 에너지를 쏟은 취업 활동은 대체 뭐였나 싶을 정도로 솔직히 일에 흥미가 없다. 그런데 이상하게 나는 영업 실적이 좋아서, 해가 지날수록 내 어깨 위에 업무 책임이 무겁게 쌓였다. 훅 불면 날아갈 것 같은 회사지만, 입사 동기 중에서 제일 먼저 팀 리더가 되었고, 과장에게서도 "이대로 가면 과장 자리도 떼어 놓은 당상이야" 라는 소리를 들어서 어질어질했다. 전업주부가 될 마음은 없다. 그러나 일이 최고인 생활도 역시 싫다. 지금 나는 일이 아니라 사랑을 하고 싶다.

탁자에 올려놓은 스마트폰 화면을 내려다보았다.

"또 스마트폰 보지!"

미유에게 혼났다. 가와시마 씨에게서 어제부터 라인에 답이 없다. 문자를 보내도 읽지 않는다. 그쪽에 온 정신이 다 팔렸다.

"아무튼 그! 가와시마 씨한테 돈 빌려주는 것만은 절대 하면 안 된다!"

미유가 서슬 퍼렇게 못을 박아서 나는 가와시마 씨 이야기를 괜히 했다고 후회가 들었다.

"오늘 낮에 하필 ATM에 들르지 못해서……. 미안한데 택시비로 5천 엔만 빌려줄 수 있을까?"

어젯밤, 가와시마 씨가 이렇게 말했다. 미유에게는 돈을 빌려주지 않았다고 했지만(혼날 거라 생각했으니까), 사실은 "그걸로 되겠어?"라며 만 엔 지폐를 내밀었다. "고마워." 가와시마 씨는 그러면서 나를 꼭 안아주었다. 몸에 전기가 통한 것 같았다. 아, 지금 가와시마 씨한테는 내가 필요하구나. 그렇게 생각하자 기뻐서 기절할 것 같았다.

그러나 남자에게 돈 빌려달라는 소리를 들은 것은 내 연애사에서 두 번째여서…… 나도 '응? 이거 그때 그 패턴의 반복 아닌가?'라는 생각이 들 수밖에 없었다.

첫 번째는 대학 시절에 무카이라는 남자와 사귀던 때였다.

"천 엔 좀 빌려주지 않을래?"라는 말을 들었을 때는 나도 놀랐다. 사귀는 남자한테 그런 소리를 듣는 건 처음이었으니까. 그래도 그때는 무카이를 정말 좋아했으니까 "금방 돌려줄게"라는 말을 의심하지 않았다. 그러나 그 천 엔이 5천 엔, 5천 엔이 만 엔이 될 때까지 시간은 얼마 걸리지 않았다. 나도 얼마 안 되는 용돈과 아르바이트를 해서 번 돈으로 생활했으니까 만 엔은 거금이었다. 게다가 처음에 빌려준 천 엔도 돌려주지 않았다.

"어, 하지만……" 하고 내키지 않아 하자 "아사미, 나를 사랑하지 않는구나!"라고 외쳐서 몸이 움츠러들었다. 지금 생각하면 과연 진짜인지 알 수 없지만, 무카이가 초등학생 때 부모님이 이혼해서 아들을 두고 어머니가 집을 나갔다고 한다. 그러니까 "아사미도 우리 엄마처럼 나 같은 거 하나도 소중하지 않은 거지!"라고 말하면 뭐라고 할 말이 없었다.

게다가 나와 무카이 중 누가 더 상대방을 좋아했는가 따지면, 열량이 높은 쪽은 당연히 나였다. 무카이와 연애할 때만 그런 것이 아니다. 내 연애는 언제나 내가 먼저 좋아하면서 시작한다. 무카이에게는 반쯤 막무가내로 "좋아해, 정말 좋아해"라고 교제해달라고 졸랐으니까 그때 내가 무카이의 요구를 거절하려면 큰 용기가 필요했다.

나는 시선이 절로 가는 귀여운 여자도 아니고 스타일도 별로고 머리도 나쁘다. 비참하게도, 상대방 쪽에서 "좋아합니다. 저랑 사귀어주세요"라는 말을 들은 적이 평생 단 한 번도 없었다. 연애는 항상 내가 좋아하는 마음에서 시작해서 상대방은 내 마음에 떠밀리는 형태였고, 어떻게든 교제가 시작되면 나는 좋아하는 사람의 요구라면 뭐든지 다 받아들이는 것이 당연했다. 무카이와도 그랬다. 그러지 않으면 나 같은 여자는 연애를 못 한다. 지금도 진심으로 이렇게 믿는다.

무카이에게 돈을 주고 돌려받지 못하는 나날이 이어졌고 (무카이에게 어디에 돈을 썼는지 물어보고 싶었지만 그러지 못했다), 나는 택배 회사에서 심야 아르바이트까지 하면서 무카이에게 돈을 건넸다. 눈 밑이 시커메진 내 변화를 처음으로 알아차린 사람은 미유였고, "그건 연애가 아니야!"라고 말해서 정신을 차리게 해줬다. 하지만 그런 말을 들어도 쉽게 헤어질 수 없어서 나는 줄 수 있는 만큼의 돈을 계속 무카이에게 줬다.

그러나 어느 날, "이제 줄 수 있는 돈이 없어……"라고 말한 내게 무카이가 손을 댔고, 둔한 나도 그가 얼마나 위험한지 이해했다. "나는 네 ATM이 아니야!" 이렇게 외치고 헤어지고서도 나는 여전히 무카이를 좋아했다.

그런 연애는 이제 지긋지긋했다. 그러니까 그 후에 한 연애는 돈을 빌려달라는 소리를 절대로 안 할 것 같은 사람을 골랐다. 그런데…… 무카이에게 그랬듯이 뭐든 상대방의 요구를 들어주는 연애가 아니면 나 자신도 만족하지 못하는 데가 있었다. 물론 돈 빌려달라는 소리를 함부로 하는 사람

중에 제대로 된 사람이 없다는 건 잘 알고 있다. 그래도 나는 그런 소리를 하지 않는 사람에게서 왠지 부족함을 느꼈다.

그 대신이라고 할 것까진 없지만 온 힘을 다해 상대방을 사랑했다. 나보다 남자 친구를 우선했다. 만나고 싶다고 하면 일 때문에 아무리 녹초가 되었어도 심야에 택시를 타고 만나러 갔고, 크리스마스에는 남자 친구가 기뻐하는 얼굴을 보고 싶다는 이유만으로 손이 많이 가는 소 정강잇살 스튜를 아침부터 끓이고……. 아무튼 상대방을 위해서라면 뭐든지 하고 상대방이 바라는 것이라면 뭐든지 하는 것이 서툰 나의 사랑법이었다. 그게 일반적인 사람들과 많이 다르다는 사실을 알았을 때는 이미 스물다섯 살을 지났다. 게다가 그런 방식으로 사랑한 사람들에게서는 대개 "좀 부담스러워서……"라면서 헤어져달라는 말을 들었다.

이번에야말로 돈 빌려달라는 소리를 안 하는 사람을 만날 것, 또 부담스러워할 정도로 그 사람을 사랑하지 말 것. 그렇게 유념하고 1년간 매칭 앱에서 사람을 찾았다. 몇 명과 만나봤고 다들 이렇다 할 느낌은 없었지만, 그래도 소거법으로 남은 사람이 가와시마 씨였다. 가와시마 씨는 내가 좋아 죽겠다는 티를 내지 않아도 나라는 인간에게 흥미를 보이는 것 같았다. 나보다 두 살 연상인 가와시마 씨. 대형 인쉐기 회사에 다니고 나와 같은 영업직이다. 처음 만났을 때, 손가락이 베겠다 싶을 정도로 새것인 새하얀 명함을 내게 건넸다. 지금까지 앱을 통해 만난 사람은 프리랜서 시스템 엔지니어나 가죽 공예를 하는 사람, 회사를 차렸으나 아직 운영이 순조롭지는 않은 사람 등 사회적으로 다소 불안정한 위치인 사람이 많았으니까, 솔직히 처음에는 안정적으로 보이는 회사 이름에 끌렸다. 이렇게 큰 회사니까, 돈 빌려달라는 소리를 할 위험한 인간을 입사시키지는 않을 거라고 생각했다.

외모는 내 취향에 좀 부족했지만, 너무 내 취향이면 내 부담스러운 사랑 방식이 발동한다. 영화 취향은 같았고(둘 다 재난 영화를 좋아해서 〈미스트〉의 찜찜한 뒷맛 얘기로 흥분했다), 늘 깔끔하고 센스 있는 옷을 입었고, 만날 때 가게를 정하는 방식도 원만했고, 처음에 세 번은 자기가 돈을 냈다. 이제 나에게 "돈 빌려주지 않을래?"라고 말하지만 않으면 된다. 사귀기 시작하고 석 달이 지났을 때 그렇게 생각했다. 그래도 역시 내 쪽에서 만나자고 할 때가 많아서 조금 불만이었지만…….

어젯밤에도 그랬다. 벌써 2주나 만나지 않았으니까 가와시마 씨에게 우리 집에서 저녁을 먹자고 말했다. 좁은 부엌

에서 산더미 같은 굴튀김을 열심히 만들었다. 타르타르소스
도 직접 만들었고. 오늘은 분명히 우리 집에서 자고 가겠지.
꽉 찬 배를 문지르며 속으로 후후후 웃음을 지었을 때였다.
갑자기 가와시마 씨가 말했다.

"오늘 낮에 하필 ATM에 들르지 못해서……. 미안한데 택
시비로 5천 엔만 빌려줄 수 있을까? 라인으로 계좌번호 알
려주면 내일 바로 입금할게"라고.

흡, 하고 나는 공기를 삼켰다. 가슴이 찌릿찌릿 아팠다.

"오늘 여기서 자고 내일 아침 일찍 옷 갈아입으러 집에 가
면 되지 않아?"

"내일 아침부터 회의가 있는데 그 준비도 아직 다 못 마쳤
거든……. 나 오늘은 피곤하니까 내 침대에서 자고 싶어. 아
사미 씨 침대, 나는 몸이 크니까 작아서……."

가와시마 씨가 내 집의 니토리 싱글 침대를 내려다보았
다. 그 말을 듣자마자 다음 휴일에는 더블 침대를 사러 가야
겠다고 생각한 나는 멍청이다. "신용카드나 전자머니도 없
어?"라고 묻고 싶었지만 내 입은 벌어지지 않았다.

마음속에 불편한 감정이 퍼졌지만, 가와시마 씨에게 따져
물어 미움받기 싫었다.

"그럼……." 이렇게 말하며 나는 가방에서 지갑을 꺼냈다.

그때 미유와 무카이가 생각났다. 아니, 우연일 거다. 우연히 가와시마 씨가 돈이 없었을 뿐이다. 그렇게 생각하며 나는 작게 접은 만 엔을 내밀었다. 이 정도쯤 있으면 우리 집에서 전철로 세 정거장인 가와시마 씨의 맨션까지 충분할 터이다.

"정말 미안해. 어려운 부탁을 해서. 내일 바로 입금할게!"

가와시마 씨가 만 엔 지폐를 두 손에 끼워 합장하고 내게 고개를 숙였다. 고맙다고 말하며 나를 꼭 안아주었다.

"응. 괜찮아."

그런 다음, 가와시마 씨는 돌아갈 준비를 했다. 오늘은 자고 갈 줄 알았으니까 내 가슴은 쓸쓸해서 갈기갈기 찢어질 것 같았다. 옷을 입는 가와시마 씨 주변을 빙빙 돌며 나는 말했다.

"집에 도착하면 라인 보내."

"응, 응" 하는 가와시마 씨의 대답은 어딘지 건성이었다. 한밤중이 되어도 가와시마 씨에게서 연락이 없었다.

'일 열심히 해. 내 계좌번호는…… 언제 줘도 괜찮아!' 웃는 곰 이모티콘. 그는 메시지를 확인만 했다. 오늘 오전에 벌써 내 계좌에 만 엔이 들어왔지만 그 후로도 가와시마 씨에게서 연락이 없었다.

"돈 빌려달라는 소리를 쉽게 하는 남자는 그만둬!"

완전히 취한 미유가 또 큰 소리로 외쳤다. 나는 주변 손님들에게 고개를 꾸벅이며 "자, 오늘은 그만 집에 가자" 하고 미유에게 가방을 안겨주었다. 하지만 지금부터 나 혼자 사는 집에 돌아가는 것이 두려워서 미칠 것 같았다.

도대체 나의 어떤 점이 문제였을까?

굴튀김을 좋아한다고 했는데, 내가 만든 게 맛이 없었나?

그날 이후로 일할 때도 머릿속에 늘 가와시마 씨가 있었다. 일하다가 시간이 생기면 스마트폰을 들여다봤다. 그러나 곰 이모티콘이 웃고만 있고, 가와시마 씨에게서 새로운 연락은 없다. 고맙다는 말쯤은 하란 말이야! 이런 생각도 들었지만, 그보다 가와시마 씨라는 사람을 잃을지도 모른다는 공포가 더 컸다. 벌써 스물여덟 살이다. 미유에게도 말하지 않았는데, 잘만 되면 가와시마 씨와 결혼할지도 모른다고 내심 어렴풋이 생각했었다.

집에 와서는 욕실에도 스마트폰을 가지고 갔고, 잘 때도 스마트폰을 쥐고 침대에 누웠다. 내가 먼저 연락하면 되지 않나? 하지만 무슨 말을 하면 좋을지 모르겠다. 돈을 빌려준 일을 가와시마 씨가 중요하게 여기지 않길 바랐다.

'일이 바빠?'든 '그 영화 봤어?'든, 뭐든 괜찮을 것 같으면서 전부 다 틀린 것 같았다. 내 쪽에서 너무 밀어붙이는 것만은 피하고 싶다. 더는 부담스러운 여자가 되기 싫다. 머릿속이 빙글빙글 돈다. 도무지 잠이 오지 않았다. 벌써 새벽 1시가 지났다. 수면 시간을 최소한 여섯 시간은 확보하고 싶다. 그러지 않으면 다음 날 일할 때 영향을 준다. 꾸벅꾸벅 졸다가 퍼뜩 잠에서 깨 스마트폰을 봤다. 라인에 들어가도 새로 온 메시지는 없다. 또 낙담의 구덩이로 슈우웅 떨어졌지만, 그래도 나는 눈을 감았다.

얕은 잠을 자면서 제법 또렷한 꿈을 꿨다. 꿈에 어린 여자애가 나왔다. 여자애는 엄마가 만들어준 빨간 깅엄체크 원피스를 입고 있었다. 어린 시절의 나다……. 꿈을 꾸면서도 저 여자애가 나라고 확실하게 인식했다.

엄마는 나보다 천식이 있고 몸이 약한 언니를 아꼈다. 언니는 몸이 약해서 어쩔 수 없으니까 나는 응석 부리기를 주저하는 어린애였다. 나는 엄마에게 반항하지 않았고 원래 그런 건 줄 알고 성장했다. 지금도 여전히 나와 엄마 사이에는 약간의 거리감이 있다.

초등학교에 입학하기 얼마 전에 있었던 일을 꿈꿨다. 좁은 마당에 엄마가 심은 튤립이 흔들거렸다. 조금 후텁지근한 날이었다. 머리가 아프고 몸이 무거웠다. 언니는 그날도 상태가 안 좋아서, 엄마는 거실에 깔아놓은 이부자리에 누운 언니 곁을 걱정스럽게 지켰다. 나도 몸이 무거워서 너무 힘든데. 그렇게 생각하며 엄마 등에 달라붙었다. 그때 엄마가 말했다.

"언니 몸 상태가 안 좋아. 혼자 놀고 있으렴."

그래서 나는 어쩔 수 없이 이마에 냉각 시트를 붙이고 2층 내 방 침대에 누웠다. 몸이 덜덜 떨렸다. 저녁 먹을 시간이 되어 엄마가 부르러 왔다가 그제야 내 상태를 알아차렸다.

"왜 좀 더 일찍 말하지 않았니!"

야단맞아서 충격이었는데, 엄마에게 제대로 말하지 않은 내가 잘못한 거라고, 멍청하게 군 나를 어린애 나름대로 반성했다. 엄마는 나쁘지 않아. 나쁜 건 나야.

엄마는 나보다 언니를 좋아해, 엄마는 나보다 언니가 소중해.

그 무렵부터 나는 알아차렸을 것이다. 언니가 더 귀엽고, 공부도 운동도 잘한다. 나는 지금 내 모습으로는 엄마의 사랑을 받지 못한다. 그래서 엄마의 사랑을 받기 위해 더 노력해야 한다. 그러니까 언니보다 성적이 높아야 갈 수 있는 고등학교에 갔고, 대학에 입학했다. 언니가 고향에 있는 대학에 갔으니까 나는 도쿄를 목표로 삼았다. 일도 연애도 남들

보다 몇 배는 노력하지 않으면 사람들이 나를 받아주지 않는다. 왜냐하면 나를 낳은 엄마도 나를 소중히 여기지 않으니까. 그런 생각이 뒤틀리며 내 마음속에서 우글거렸다. 상대방을 위해 최선을 다해 뭔가 해주더라도 그 사람에게서 받는 애정은 한 줌이다. 그러니까 가와시마 씨도 나 같은 거…….

알람 소리에 눈을 떴다. 침대에서 몸을 일으켰다. 머리가 너무 무겁다. 눈가에 눈물이 맺힌 것에 놀라 잠옷 소매로 쓱쓱 닦았다. 그날부터 나에게 깊은 수면이 찾아오지 않았다. 그래도 나는 회사에 가서 몸에 아무런 이변도 없다는 표정으로 계속 일했다. 저녁이 되고 밤이 가까워지는 것이 두려웠다. 오늘도 또 제대로 자지 못할 거야…….

잠을 못 자기 시작하고 보름쯤 지났을 무렵, 일하면서 실수를 연발하기 시작했다.

"아리마, 내일 프레젠테이션 자료에 숫자가 틀려 있어. 이런 간단한 실수라니, 신입 사원도 아니잖아."

어느 날, 상사에게 그런 말을 듣고 눈물을 뚝뚝 흘리는 나 자신에 놀랐다. 상사도 설마 그 정도의 말을 들었다고 내가 울 줄은 몰랐을 것이다.

"아, 아니, 내일까지 제대로 고치면 되니까."

상사도 당황한 표정으로 내게서 시선을 피했다. 벌써 오후 6시가 지났다. 야근해서 고치면 어떻게든 될 것이다. 나는 내 책상으로 돌아와 일을 계속했다. 사무실에서 한 명, 또 한 명 떠났고 저녁 8시가 지날 무렵에는 셀 수 있는 정도로만 남아 있었다. 끼이익, 의자 소리가 나더니 내 뒷자리의 동기 요코야마 씨가 의자에 앉은 채로 내 책상으로 접근했다. 요코야마 씨는 나와 같은 팀의 영업 멤버다.

"괜찮아?"

뭐가, 하고 생각했지만 "괜찮아"라는 말이 먼저 나왔다.

"아리마 씨, 혼자 일을 너무 많이 해. 아리마 씨는 물론 유능한 팀 리더지만, 주변 사람에게 좀 더 일을 맡겨도 되지 않을까?"

"그래도 나 혼자 하는 게 빠르잖아." 대답하며 키보드를 두드렸다. 하여간 나도 참 귀여운 맛이 없다고 속으로 생각했다.

"……그러다가 무너질 거야. 자자, 자료 작성이라면 나도 할 수 있으니까." 그러면서 요코야마 씨가 내 책상에 쌓인 자료를 가지고 가려고 했다.

"혼자 할 수 있거든."

"둘이 하는 편이 빨라."

결국 둘이서 내일 프레젠테이션을 위한 자료를 만들었다. 확실히 둘이 하는 편이 빨랐지만, 벌써 벽시계의 바늘이 밤 10시를 넘겼다. 어깨를 돌리며 자료를 최종 점검하는데, 요코야마 씨가 따뜻한 편의점 커피를 건넸다.

"이 시간에 커피를 마시면 잠을 못 자겠네……. 내가 생각이 짧아서 미안해."

오늘 밤에도 잠을 못 자려나, 하고 우울하게 생각하면서도 대답했다.

"아니야, 괜찮아. 고마워." 따뜻한 컵에 입을 댔다.

"괜찮다는 거 아리마 씨 말버릇인데, 인간은 괜찮지 않을 때가 더 많지 않아?"

"어?"

나는 놀라서 책상 옆에 서서 커피를 마시는 요코야마 씨를 올려다봤다.

"사회에 나오면 아무도 내 컨디션을 걱정해주지 않잖아. ……괜찮지 않을 때도 괜찮다고 대답할 수밖에 없어. 사실은 하나도 괜찮지 않은데."

나는 요코야마 씨의 말을 들으며 커피 한 모금을 더 마셨다.

"아리마 씨는 괜찮다는 게 말버릇이야. 아리마 씨, 다른 사람보다 일을 잘하니까 중요한 일을 맡는 건 어쩔 수 없지만, 회사에서 힘들다 싶을 때는 말해줘……. 내가 도움이 될지는 잘 모르겠지만."

"응……."

"자, 그거 다 마시면 얼른 정리하고 퇴근하자. 내일도 바쁠 테니까."

요코야마 씨와 함께 회사에서 나왔고 집이 같은 방향이어서 같은 전철을 탔다. 둘이 나란히 서서 손잡이를 잡았다. 유리창에 내 얼굴이 비쳤다. 얼굴이 너무 상했다. 컨실러로 잘 가렸다고 생각했는데, 전철 불빛 아래에서는 눈 밑의 새까만 다크서클이 유독 잘 보였다. 전철 광고를 보는 요코야마 씨의 얼굴을 봤다. 요코야마 씨의 눈 밑에는 다크서클이 없다. 분명 이 사람은 이렇게 집에 가면 침대에서 푹 잘 수 있겠지. 일을 도와주고 커피까지 사줬는데 이상하게 요코야마 씨가 밉살스러웠다. 내가 내릴 역이 가까워졌다.

"그럼 나는 여기서. 오늘 고마웠어, 덕분에 살았어."

"응, 밤길 조심해서 가."

인사하고 전철에서 내리는 내게 요코야마 씨가 손을 흔들었다.

그날도 역시 가와시마 씨에게서 라인은 오지 않았고, 이 대로 우리 관계가 끝이라는 생각이 들자 역시 잠을 이루지 못했다. 침대에 누워 미유에게 라인 메시지를 톡톡 찍다가 목소리를 듣고 싶어서 한밤중이지만 전화를 걸었다. 졸음이 묻은 미유의 목소리를 듣고 "밤늦게 미안해……" 하고 사과했는데 "뭐야, 무슨 일이야, 무슨 일 있니?" 하고 묻는 미유의 다정함에 가슴이 뭉클했다.

"요즘 잠을 못 자. 벌써 보름 정도…… 나, 이상해졌어. 어떻하면 좋을까……."

말하는데 눈물이 멈추지 않았다.

'찻집 준' 앞에서 미유가 손을 흔들었다. 여태껏 내가 사는 동네에 이런 고풍스러운 찻집이 있는 줄도 몰랐다.

어젯밤에도 역시 거의 자지 못했다. 태양 빛이 이글이글 나를 비추는데, 수면 부족이어서 관자놀이가 은은하게 아팠다.

"일단 외출 좀 해서 기분 전환이라도 하지 않을래?"

내가 주말이면 내내 침대에서 뒹군다고 하니까 미유가 가자고 한 가게였다. 미유는 이런 찻집을 어떻게 알았을까.

"여기, 찻집 마니아 사이에서는 유명해"라고 하며 미유가 자기 스마트폰을 보여주었다. 미유가 화면을 내리자, 이 가게 사진이 잔뜩 나왔다. #찻집준이라는 해시태그까지 있다. 그래서일까, 가게는 젊은 남녀로 북적였다. 카운터 자리가 비어서 나와 미유는 나란히 앉았다.

"미유, 이런 찻집 다니는 거 좋아했어?"

"아니, 나카세가 요즘 푹 빠져서 나도 어쩔 수 없이 다니고 있어……."

미유가 조금 질린다는 목소리로 말했다. 우리는 크림소다를 시켰다. 몸에 나빠 보이는 초록색 소다수 위에 돔 형태의 아이스크림이 올라갔다. 크림소다라니 도대체 몇 년 만에 마시는 걸까, 그런 생각을 하며 나는 긴 스푼으로 바닐라 아이스크림을 먹었다.

"어제는 좀 잤어?"

아니, 하고 나는 고개를 저었다. 잠들 것 같다가도 번쩍 깬다. 양을 세도 소용없다. 점점 자는 건지 안 자는 건지 모를 시간이 수면 시간이 되어간다.

"가와시마 씨한테서 연락은 왔니?"

또 고개를 저었다.

"가와시마 씨는 접어두고, 우선 잠을 못 자는 상황을 어떻게든 해야겠는데……. 음, 심료내과에 가서 약을 받아볼래?"

"마음의 병 같은 거 아니야! 그냥 잠을 못 잘 뿐인데……."

"그래도 그게 계속 이어지잖아. 사람은 잠을 못 자면 쓰러져…….."

"일은 잘하고 있는걸…….."

"그래도 너 살이 좀 빠진 것 같아…….."

"아니거든"이라고 대답하면서도 들켰다 싶었다. 몸무게가 벌써 3킬로그램이나 빠졌다. 치마나 바지 허리가 전부 헐렁헐렁했다.

"심료내과라지만 무서운 곳은 아니야. 나카세도 입사하고 바로 가벼운 우울증에 걸려서 다닌 적 있어."

"나카세가…….."

"그 사람, 그렇게 보여도 의외로 섬세하거든…….."

내가 아는 나카세는 늘 시시한 농담을 하며 호탕하게 웃는 사람이었다. 그 나카세가……. 그때 앞에서 설거지하던, 학생으로 보이는 체구 자그마한 여자가 우리를 보고 말을 걸었다. 조용조용한 목소리였다.

"죄송합니다……. 말씀을 엿들을 생각은 없었는데 들려서요." 그러면서 자그마한 종이를 나와 미유 사이에 놓았다. '시이노키 마음 클리닉'이라고 적혀 있었다.

"심료내과라면 이 병원이 참 좋아요. 저도 다녔어요."

"미오 양" 하고 단골인 듯한 손님의 부름이 들렸다. "네" 하고 대답하며 미오 양이라고 불린 여자가 카운터에서 나왔다.

"괜한 참견을 해서 실례했습니다."

고개를 숙인 미오 씨는 우리 자리에서 떠나 주문을 받으러 갔다.

자그마한 뒷모습을 보며 저렇게 활기차 보이는 여자도 심료내과에 다녔다니 의외라고 생각했다. 동시에 심료내과에 가는 부담감이 쑥 내려간 기분도 들었다. 미오 씨가 내 등을 밀어준 것 같다. 미유가 입을 열었다.

"저 애도 다녔구나. 그래도 지금은 전혀 그래 보이지 않네."

"응. 활기찬 여자애로만 보여."

"역시 가는 게 좋다니까. 내가 같이 가줄까?"

"아니야, 괜찮아."

일단은 자고 싶었다. 아주 깊이. 몸도 마음도 이미 한계였다. 그래서 '찻집 준'에서 나온 나는 시이노키 마음 클리닉에 예약 전화를 걸었다.

마음 클리닉에는 월요일 업무를 마치고 방문했다. 전혀 클리닉으로 보이지 않는 단독주택 문을 열자, 우리 엄마보다 조금 젊어 보이는 여성이 "퇴근하는 길이죠? 오늘도 고

생 많았어요" 하고 말을 걸었다. 그 말을 듣고 벌써 울 것 같았다.

대기실인 다다미방에는 퇴근길로 보이는 회사원 같은 사람이 한 명 있을 뿐이었다. '시이노키 사오리'라고 적힌 명함을 건넨 그 여성이 상담을 담당하나 보다. 시키는 대로 문진표를 작성하자, 다른 방에 가서 몇 가지쯤 질문을 받았다. 보름 전부터 자지 못한다. 그저 깊이 잠들고 싶다. 말하는 중에 눈물이 흘렀다.

"잠을 못 자면 너무 괴롭죠……. 오늘은 일단 증상을 개선하기 위해서 준 선생님에게 진찰받도록 해요."

그렇게 말하고 나를 다른 방으로 안내했다. 긴 복도 안쪽의 진찰실로 들어갔다. 널찍한 나무 책상 너머에 수염을 기른 남자 선생님이 앉아 있었다. 준 선생님이라는 그 선생님에게서 또 몇 가지 질문을 받았다. 언제부터 잠을 자지 못했는가, 낮에 권태감을 느끼지 않는가, 식욕이 떨어지지 않았는가, 의욕이나 집중력이 떨어지지 않았는가, 기분이 가라앉지는 않는가, 두통이나 현기증 같은 증상은 없는가……. 나는 다른 것보다 잠을 못 자는 것이 괴로웠다. 몸은 식욕이 없는 것 이외에 두드러지는 증상은 없으나, 기분이 우울한 것은 잠 때문이 아니라 가와시마 씨 때문이다. 그래도 준 선생님 앞에서 그런 말은 할 수 없었다. 길었던 문진을 마치고 준 선생님이 말했다.

"아리마 씨에게는 잠을 잘 자게 조금 도와주는 약을 처방할까……."

"그러다가 수면제를 못 끊으면 어떡해요?"

솔직한 심정이었다.

"불면이 관해(寬解)…… 즉 불면 증상이 가벼워져서 일상생활에 지장이 생기지 않으면 감약과 휴약도 서서히 생각해보죠. 일단 지금은 아리마 씨가 푹 자서 몸의 피로를 푸는 것이 제일이니까. 다만 이건 대증요법이니 도저히 잠들기 어렵다면 사오리 선생님의 상담을 받는 편이 좋겠군요. 그리고 남은 건 일상생활인데……."

그러면서 준 선생님이 서랍에서 엽서 같은 종이를 한 장 꺼냈다.

"잠들기 전에 카페인이나 알코올을 섭취하지 말 것. …… 반드시 욕조에 몸을 담글 것. 식사 시간은 규칙적으로……. 어, 그리고……."

준 선생님이 엽서 뒷면에 몇 가지 주의 사항을 만년필로 적어 내게 건넸다. 나는 엽서 겉면을 봤다. 왼쪽 아래에 마리 로랑생의 '앨리스의 잠'이라고 작품명이 적혀 있었다. 자세한 줄거리는 기억 못 하는데 《이상한 나라의 앨리스》는 마지막에 앨리스가 언니 무릎에서 자다가 깨는 것으로 끝나지 않던가. 로랑생의 그림 속 앨리스는 지금 막 만족스러운 잠에서 깬 것처럼 멍한 눈빛이었다.

"이렇게 푹 잘 수 있으면 얼마나 좋을까 싶어요……."

나도 모르게 말했다.

"수면제는 수면을 유도해주는 약인 건 맞지만, 약이 있으니까 반드시 잘 수 있다고 생각하지 않게 치료해봅시다. 우선 거기 적힌 생활 습관을 반드시 지킬 것. 충분히 잠을 자게 되면 상담을 통해 마음의 막힌 곳을 뚫어봐요."

마음의 막힌 곳이라는 말이 내 안으로 쿵 떨어지는 것만 같았다.

그날 밤, 나는 조금 긴장하면서 작은 알약을 먹었다. 잠시 후 따뜻한 늪 같은 졸음이 깜박깜박 몰려왔다. 다음 날 아침 스마트폰 알람이 울릴 때까지 나는 단 한 번도 깨지 않고 잤다. 머릿속에 낀 것 같았던 안개가 아주 조금 걷혔다. 수면이란 곧 충전이었다. 몸에도 마음에도 하루를 보내기 위한 에너지가 갖춰졌다. 나는 조금 마음이 놓였다. 선생님 말처럼 약에 과도한 기대를 품으면 안 되겠지만, 일단 이 약이 있으면 잘 수 있다. 그게 고마웠다.

다만 잠을 잘 자게 되자 또 가와시마 씨가 신경 쓰였다. 이대로 헤어진다면 마지막으로 한 번은 만나서 대화하고 싶다. 나는 약을 먹기 전에 침대에 누워 라인으로 긴 메시지를 보냈다. 지금 내 마음을 알리고, 지금 제일 알고 싶은 건 가와시마 씨의 마음이라고 표현했다.

'주말에 언제 좀 만날 수 있을까?'라고 말하자 '지금 일이 좀 바빠서……'라는 답이 돌아왔다.

'내가 가와시마 씨 회사까지 가도 돼요'라고 보낸 메시지는 확인도 하지 않았다. 내가 조금 무섭고 기분 나쁜 인간이 된 걸 알면서도 메시지를 보내는 걸 멈추지 못했다. 오래된 배수조처럼 마음속 어딘가가 꽉 막혀서 내 감정이 어디로도 흘러가지 않는다. 그래도 약을 먹으면 졸음이 몰려왔고, 나는 깊은 잠을 자며 몇 번이나 가와시마 씨 꿈을 꿨다.

준 선생님의 진찰을 받고 일주일 후, 나는 시이노키 마음 클리닉의 작은 방에서 사오리 선생님의 상담을 받았다. 퇴근길에 클리닉 문을 열고 들어가자, 사오리 선생님이 "오늘도 일하느라 고생했어요"라고 말을 걸었다. 전에 왔을 때처럼.

"아리마 씨는 성실하고 꼼꼼한 성격이라 너무 노력하다가 지금 마음에 큰 스트레스가 쌓였을지도 몰라요. 일이든 사생활이든, 아무리 사소한 일이라도 좋아요. 뭐든 말해봐요."

앞에 내준 따뜻한 차 한 모금을 마셨다. 무슨 허브일까. 은은하게 달고 부드러운 맛이었다. 나는 잠깐 침묵하다가 다짐하고 입을 열었다.

"연애…… 일지도 몰라요."

"그래요, 연애."

"사귀는 사람이 있는데, 아, 음, 어쩌면 저만 그렇게 생각했을지도 모르는데…… 상대는 불편하다고 생각할지도 모르는데, 라인으로 잔뜩 메시지를 퍼붓게 되어서. ……틀림없이 저를 성가시다고 여길 걸 알아요. 그러니까 답도 보내지 않는 건데…… 그게 괴로워서……."

말하는데 코가 찡했다.

"그래요……."

그렇게 말하며 사오리 선생님이 티슈 상자를 건네주었다. 나는 고개를 숙이고 티슈를 한 장 뽑았다.

"요즘 연애는 힘들지. 내가 젊었을 적과는 다르게 다양한 게 있으니까……. 그래도 그런 도구가 많아진 건 좋은 일이죠. 다만 능숙하게 다루기 어렵기도 해요."

"네……."

나는 티슈로 눈가에 맺힌 눈물을 닦았다.

"아리마 씨, 라인에 답이 오지 않으면 심정이 어때요?"

"나는 사랑받을 자격이 없는 인간이란 생각이 들어요. 그 사람에게는 아무래도 상관없는 인간이라는. ……나 같은 거, 이 세상에서 사라져도 되지 않을까."

"그렇군요……. 그래도 단순히 상대방이 바쁠지도 모르잖아요?"

"그렇지만 전에는 금방금방 답을 보내줬어요."

"하지만 연락이 오지 않을 때가 있다고 해서 금방 사랑받을 자격이 없다, 살 자격이 없다고 생각하는 건 안 돼요. 뭔가 아리마 씨를 괴롭게 하는 일이 생겼을 때 곧바로 그렇게 생각해서 결론을 내리는 건 역시 좀 아니지 않을까요. 라인에 답변이 오지 않을 때라도 아리마 씨의 생활이나 인생 전부가 쓸모없어진 건 아니잖아? 나와 대화하면서 그런 인식을 조금씩 수정해볼까요?"

"선생님, 그래도 저는 원래 사랑받을 자격이 없는 인간이고, 남자에게 뭐든 헌신하지 않으면 관계도 끊어져요. ……아마 저는 평생 고독할 거예요. ……앞으로 고독사할 거예요."

"그런데요, 아리마 씨. 그런 연애를 계속하면 마음이 답답해지지 않아요?"

마음이 답답해진다는 말이 핵심을 찌른 것 같았다. 좋아하는 사람이 생기고 연애를 시작해서 안도감을 느낀 적은 거의 없다. 연인이 생긴 기쁨은 언제나 아주 잠깐이고, 곧바로 이 사람이 내 곁을 떠나면…… 이라는 생각이 든다. 그래서 상대방의 소중한 영역을 침범하면서까지 내 존재를 꾸준히 어필해야만 직성이 풀렸다.

"인간은 자길 소중히 여겨주기만 하면 자만해지기도 해요."

"소중히 여겨주기만 하면?"

"그래요, 아리마 씨라면 아무리 제멋대로 굴어도 들어준다, 뭐든지 해준다, 어떤 감정을 드러내도 화내지 않는다, 이런 식으로 상대방이 착각해요."

"……."

"아리마 씨가 뭐든지 헌신하지 않아도 아리마 씨를 있는 그대로 사랑해주는 사람이 있어요."

"……그런 사람이 세상에 있을까요?"

"있죠."

사오리 선생님은 단언했지만, 나는 믿을 수 없었다. 벽시계를 봤다. 상담 1회분인 40분이 거의 지나가려 했다. 순식간이었다.

"슬슬 시간이 됐네. 아리마 씨랑 좀 더 대화를 나누고 싶어요. 2주 후에 올 수 있을까?"

"네." 그렇게 대답하며 나는 오늘 어떻게든 가와시마 씨와 만나 대화해야겠다고 생각했다. 사오리 선생님과 상담하면서, 가와시마 씨의 명확한 마음을 듣지 않으면 앞으로 나아가지 못하리라는 생각이 들었다.

벌써 저녁 8시가 지난 시각이었다. 가와시마 씨 맨션 앞에서 기다릴 생각이었는데, 나는 사귀는 사이면서도 가와시마 씨 집에 간 적이 없었다. 만날 때는 늘 가게나 우리 집이었고, "가와시마 씨 집에도 가보고 싶어"라는 당연하면서도 가벼운 말 한마디도 꺼내지 못했다. 가와시마 씨가 나올 역 개찰구에서 기다리기로 했다. 두 시간 가까이 서 있었다. 습기를 품은 미지근한 바람이 내 머리카락을 흔들었다. 라인으로 연락할까도 생각했는데, 또 무시당하는 것도 괴롭다. 시간은 벌써 밤 11시에 가까워졌다. 전철이 올 때마다 개찰구에서 수많은 사람이 쏟아져 나왔다. 이런 건 스토커 같은 행위다. 전철 하나가 더 오면 포기하고 돌아가자. 그렇게 생각했을 때였다. 가와시마 씨가 지친 표정으로 가방과 재킷을 손에 들고 이쪽으로 오고 있었다. 고개를 든 가와시마 씨와 눈이 마주쳤다. 순간적으로 겁에 질린 표정을 지어서 가슴께가 욱신거렸다.

"어떻게 된 거야? 이런 곳에서……."

"응, 가와시마 씨가 보고 싶어서……."

가와시마 씨는 가까운 찻집에 시선을 줬다. 나를 집에 들일지 망설이는 걸 알고 또 마음이 따끔따끔 아팠다. 한데 찻집은 이미 문을 닫았다. 둘 다 술집에 갈 기분도 아니다.

"그럼 우리 집에서 커피라도 마실래?"

"……응."

대답은 했으나 가와시마 씨의 집에 처음으로 간다는 기쁨과는 거리가 멀었다. 대화도 나누지 않고 가와시마 씨의 집으로 갔다. 원룸이나 부엌 겸 거실이 딸린 집이리라 예상했는데, 도착한 곳은 가족과 사는 사람이 대부분일, 규모 있는 맨션이었다. 긴장한 채 집으로 들어갔다. 남자 혼자 살기에는 과하게 넓은 투룸이었다. 먼지도 쌓이지 않았고 지저분한 곳도 없고 가지런히 정돈되었다. 신으라고 준 슬리퍼와 거실 창문에 달린 커튼이 똑같은 잔꽃 무늬여서 어딘지 여자 그림자를 느꼈다. 설마 기혼자일지도 모른다고 생각하며 나는 권하는 대로, 역시 취향이 훌륭한 가죽 소파에 앉아 딱딱하게 굳었다. 이 소파도 2인용이다. 벽을 보자, 로랑생의 석판화 속 여성과 눈이 마주쳤다. 남자가 이런 그림을 걸까……. 순간 '아내'라는 말이 아른거렸다.

가와시마 씨가 커피를 가지고 왔다. 역시 잔꽃 무늬의 감각적인 컵이다. 가와시마 씨는 소파에 앉지 않고 식탁 의자에 앉았다. 뜨거운 커피를 입에 댔다. 이 시간에 카페인을 마시면 잠들기 어렵겠지만, 지금부터 어떤 일을 겪든 오늘 나는 잘 수 있다, 약만 먹으면 된다고 생각하자 묘하게 대담해졌다. 나는 단도직입적으로 물었다.

"가와시마 씨, 결혼했었네요?"

가와시마 씨의 미간에 주름이 잡혔다. 윗집에서일까, 의자 끄는 소리가 들렸다.

"……지금까지 말하지 않아서 미안……. 1년 전에 이혼했어요……. 전처가 나갔으니까 이 집도 아내와 살던 그대로야……. 그래서 아사미 씨를 오라고 하기 어려워서……."

"그래도 라인에 답을 보낼 시간 정도는."

"아사미 씨를 좋아하지만, 지금 나는 일만으로도 벅차서."

아, 차였구나, 싶었다.

"아사미 씨를 좋아해, 좋아한다고 생각해요. 하지만 지금 나는 아사미 씨의 마음에 응해줄 수가 없어서……."

"그럼 매칭 앱 같은 건 왜 했고 나랑은 왜 만났어요? 가와시마 씨한테는 처음부터 연애가 아니었던 거네요?"

"……쓸쓸했어요."

솔직히 말해서 가와시마 씨를 후려치고 싶었다. 내 쪽에서는 누구든 상관없었다는 말을 듣는 것과 마찬가지였으니까. 그렇지만 사실은 나도 같은 마음이었다. 쓸쓸하니까 누군가와 맺어지고 싶었다. 나도 그랬다. 하지만 연인과 다름없이 몸도 마음도 나눴다면 나를 제대로 봐주길 바란다. 나와 가와시마 씨는 교제했던 사이니까. 그러다가 가와시마 씨가 "나와 교제해주세요"라고 말한 적 없다는 것을 깨달았다. 마음이 맞아서 밥을 먹으러 가고, 가와시마 씨가 우리 집에 왔으니까, 그렇게 교제가 시작된 거라고 믿었다.

하지만 우리는 아무것도 시작하지 않았구나…….

"솔직히 말하면, 아사미 씨와 사귀는 게 나한테는 좀 무거워요."

나는 그 말을 끝까지 듣지 않고 집에서 나왔다. 어느새 내리기 시작한 비가 얼굴을 때렸다. 대로로 나가 마침 온 택시를 타고 집으로 돌아왔다. 거의 찢듯이 정장을 벗고 부엌에서 약을 먹고, 씻지도 않고 밥도 안 먹고 캐미솔 하나만 입은 채 침대에 파고들었다. 빨리 오늘이 끝나길 바랐다. 깊이, 아주 깊이 잠들고 싶었다.

아침에 일어나 라인을 봤으나 당연히 가와시마 씨에게서 메시지는 없었다. 잊자, 잊어버리자. 그 후로 최대한 가와시마 씨는 생각하지 않고 일에만 집중했다. 나는 역시 이대로 혼자 살다가 혼자 죽는 거야. 매일 그런 말을 스스로 들려주며 지냈다.

2주에 한 번, 사오리 선생님 앞에서만 나의 본모습을 드러내고 한바탕 울었다. 미유에게는 '이번에도 또 안됐어'라고 메시지만 보냈다. '다음 남자를 찾아보자!'라는 기운찬 답이 왔지만, 그럴 마음의 여유도 없었다. 일에만 집중하며 생활하는데, 외근 중에 웬일로 언니가 전화를 걸어왔다.

"엄마가 오늘 오전에 마당에서 쓰러져서 머리를 부딪혔어⋯⋯."

"뭐?"

나는 상사에게 사정을 말하고 정장을 입은 채로 신칸센 고다마 열차를 타고 시즈오카 본가로 돌아갔다.

"하여간 네 언니는 호들갑이라니까⋯⋯ 너한테까지 연락할 거 없는데."

본가에 도착하자, 머리에 붕대를 두른 엄마가 나왔다. 엄마에게서 병원 냄새가 났다. 엄마 얼굴이 조금 창백했다.

"괜찮아?"

"다행히 가벼운 뇌진탕이었어. 정밀 검사도 했는데 이상 없대. 찢어진 곳이 조금 커서 몇 바늘 꿰매긴 했어."

"그럼 쉬어야지."

"괜찮아, 괜찮아."

전혀 괜찮지 않으면서 그런다고 생각하면서 거실에 깔린 이부자리에 엄마를 눕혔다.

바닥에 조카의 것일까, 펠트로 만든 기린 인형이 굴러다녔다. 언니는 이웃한 시에 사니까 때때로 아이를 데리고 놀러 올 것이다. 다만 지금은 둘째 아이 출산을 앞두고 있어서 여기 오는 것도 쉽지 않으리라. 어지간히 놀라서 내게 연락했겠지. 아버지가 3년 전에 돌아가신 뒤로 이 넓은 집에서 엄마 혼자 사는데, 나는 설날에만 돌아오는 불효자식이 되고 말았다.

재킷을 벗은 다음, 부엌을 정리하고 쌓인 세탁물을 빨았다.

"아이고, 그런 거 안 해도 돼. 엄마 혼자 할 수 있어."

이부자리에 누운 엄마가 내게 말했다.

"뭐, 가끔은 할게, 이 정도는."

그러면서 웃는 표정을 지었지만 잘 웃을 수 없었다. 저녁
은 잡탕 죽과 오래 두고 먹을 수 있는 밑반찬을 몇 개 만들
어 드렸다.

"아무것도 못 가르쳐줬는데 우리 아사미 잘 만드네."

가슴이 조여들었다. 엄마의 다정한 말이 노화의 증거 같
아서 안타까웠다. 오늘은 본가에서 자기로 했다. 내일도 모
레도 엄마를 돌보고 싶었지만, 쌓인 일이 있다. 회사에는 내
일 오후부터 출근하겠다고 연락하고, 거실의 낮은 탁자에
노트북을 놓고 일했다. 문득 맞은편 책장에 시선이 갔는데
《이상한 나라의 앨리스》 원서가 있었다. 엄마가 느릿느릿
일어나려는 인기척이 나서 몸을 받쳐주었다. 엄마가 소파에
앉았다. 부엌에서 뜨뜻한 반차*를 우려 엄마 앞에 찻잔을 놓
았다.

"엄마, 이런 책이 있었어?"

나는 책장에서 《이상한 나라의 앨리스》를 꺼내 엄마에게
보여주었다. 페이지를 넘기자 빨간 펜으로 여기저기 메모가
있었다. 엄마가 부끄러운 듯이 말했다.

---

* 일본에서 마시는 녹차의 일종. 저렴한 중급 차인데, 가정에서 보통
마시는 차라는 의미도 있다.

"엄마는 결혼 전에 그림책 작가가 되고 싶었거든……. 젊을 때는 그렇게 당치도 않은 꿈이 있었어."

이런 이야기는 처음 들었다. 그래도 분명 어렸을 때 집에 그림책이 있었다. 그림책을 읽어주는 엄마의 느긋한 목소리가 귓가를 스치는 것 같다.

"그래도 아이를 낳은 후로는 여유가 없어서……. 게다가 언니는 몸이 약했잖니. ……아니다, 전부 변명이네. 애초에 일과 육아를 양립할 그릇이 못 됐던 거야. 육아도 만족스럽게 해내지 못했지. 가까이에 의지할 사람도 없었고……."

페이지를 넘겨 책의 삽화를 봤다. 병에 든 약을 마시고 몸이 커져서 방에서 나가지 못하게 된 앨리스. 마치 지금 나같다. 몸은 어른인데 마음은 여전히 어린애 그대로다. 이 책은 앨리스가 꿈꾼 이야기다. 지금까지 했던 연애도, 가와시마 씨도 전부 꿈이라면 얼마나 좋을까.

"조금 살이 빠진 것 같네? 일이 너무 많은 거 아니니? 괜찮아?"

괜찮지 않다고 말하고 엄마에게 어리광을 부리고 싶었다. 하지만 그런 말을 하기에는 너무 커버렸다. 엄마가 내 등을 쓸었다. 손이 따뜻했다.

"네가 어렸을 때 언니한테만 붙어 있어서 너를 제대로 돌

봐주지 못했지. ……너는 뭐든 혼자 할 줄 아는 애였으니까…….

나 혼자서는 아무것도 못 해. 엄마, 어려서도 그랬고 지금도 그래. 그렇게 말하는 대신 눈물이 나왔다. 부끄러워서 엄마 무릎에 얼굴을 묻었다. 엄마가 내 머리를 쓰다듬었다. 준 선생님에게서 받은 로랑생의 엽서가 생각났다. 그 장면, 앨리스 이야기의 마지막. 앨리스가 눈을 떴을 때, 언니가 다정하게 앨리스의 머리를 무릎 위에서 안아주고 있었다.

"네가 어렸을 때 제대로 안아주지 못했어."

그렇게 말하는 엄마의 무릎에서 흐느껴 울었다. 엄마는 그런 내 머리를 몇 번이고 쓰다듬었다. 나는 그 손의 리듬을 평생 잊지 못할 것 같았다.

"엄마, 그만 누워야지……."

울다가 지쳐 고개를 들자, 방충망 너머로 엄마가 키우는 식물들이 바람에 흔들리는 모습이 보였다.

사오리 선생님과의 상담은 여전히 이어졌다. 지금까지는 월요일에 다녔는데, 일 때문에 늦어질 때가 많아서 토요일 오전으로 옮겼다. 그 덕분일지도 모르는데, 주말 이틀을 내내 침대에서 보내는 일도 줄어들었다.

사오리 선생님과 대화하면 마음의 응어리가 풀리는 기분이 들어서 신기했다.

어느 날, 상담실 책장 위에 놓인 작은 십자가와 액자가 눈에 들어왔다. 사오리 선생님이 나와 같은 방향을 보고 말했다.

"아이를 잃은 적이 있어요. 태어나자마자 바로……."

"그러셨군요……."

"병 때문에 떠났지만, 내 잘못이라고 자책했어요. 아주 오랫동안 마음의 병을 앓았죠……."

지금 사오리 선생님을 보면 전혀 그런 일을 겪었던 사람 같지 않다.

"준 선생님은 내 마음을 고쳐주려고 회사를 그만두고 의학부에 재입학해서 지금 일을 하게 됐어요. ……인생은 참 다양한 일이 벌어지지. 생각지도 못한 일이. 그래도 사람은 틀림없이 회복될 수 있어요."

"……그래도 선생님, 저는 선생님처럼 강하지 않아요. 실연한 정도로 이렇게 괴로운데 그런 일을 겪으면 저는 살 수 있을지 자신이 없어요……."

사오리 선생님이 내 손에 손바닥을 올렸다. 엄마처럼 따뜻한 손이었다.

"아사미 씨, 세상에 강한 사람은 없어요. 다들 많은 일을 겪으면서 짓눌리고 마음도 꺾여요. 그럴 때는 이런 곳에 와서 조금 마음을 쉬게 해주고 다시 걸으면 돼. 쉬엄쉬엄해도 괜찮아. 사람은 혼자서는 살 수 없어요. 설령 가까운 사람에게 기대기 어렵더라도 나 같은 사람도 있으니까. 그럴 때는 누군가를 의지해도 돼요. 게다가."

사오리 선생님의 눈을 응시했다. 왠지 우리 엄마와 비슷한 것 같았다.

"아사미 씨는 그저 살아 있기만 해도 사랑받을 가치가 있는 사람이에요. 연애가 순조롭지 않았던 건 그 사람과 상성이 나빴을 뿐이야. 이것만은 잊지 말아줘요."

사오리 선생님이 새끼손가락을 쓱 내밀었다. 새끼손가락을 마주 걸며 하는 약속이라니 도대체 언제 이후더라. 그런 생각을 하며 나도 그 손가락에 내 새끼손가락을 걸었다.

클리닉에서 나오면 '찻집 준'에서 커피를 마시는 습관이 생겼다. 역시 이곳은 인기가 있어서 언제나 카운터 자리 말고는 앉기 어렵다. 토트백에서 노트북을 꺼내 일을 좀 하기로 했다. 일하면서 노트북 옆의 스마트폰에 힐끔 시선을 줬다. 가와시마 씨에게 라인을 보내지 않은 지 벌써 두 달이 지나려 했다. 스마트폰을 들고 주소록에서 가와시마 씨의 연락처를 삭제했다. 하는 김에 매칭 앱도 삭제해버렸다. 줄곧 이것 없이는 연애도 못 한다고 생각했었는데, 마음 어딘가가 편해졌다. 옆자리에 누가 앉는 기척이 났다. 노트북을 왼쪽으로 살짝 옮기고 아무 생각 없이 앉으려는 사람의 얼굴을 봤다.

"아."

둘 다 동시에 소리를 냈다. 요코야마 씨였다.

"어? 집, 이 근처 아니잖아?" 내가 물었다.

"응, 아니야. 병원에 다녀왔어"라며 그가 의자에 앉았다.

"아하, 그렇구나"라고 대답하면서 어쩌면 그 병원이 시이노키 마음 클리닉일지도 모른다고 내심 생각했다.

"토요일은 병원에 갔다가 여기에서 파르페를 먹는 게 내게 주는 보상이야."

그러면서 요코야마 씨가 카운터 너머의 미오 씨에게 파르페를 주문했다.

"아리마 씨, 주말에도 일하네?"

"그야 일이 안 끝났으니까."

"그럼 안 되지……. 쉬는 날까지."

요코야마 씨가 자기 마음대로 노트북을 툭 닫았다. 나는 포기하고 미지근해진 커피를 홀짝였다. 잠시 후, 요코야마 씨 앞에 초콜릿 파르페가 나왔다. 초콜릿 아이스크림과 생크림 위에 오렌지, 딸기, 작은 마시멜로, 민트 잎을 얹은 파르페는 마치 계절에 맞지 않는 크리스마스트리 같았다.

"이 파르페, 먹어봐. 맛있거든. 마시멜로랑 같이 먹으면 맛있어."

요코야마 씨가 내 앞으로 파르페가 담긴 접시를 옮겼다. 권하는 대로 커피 스푼으로 떠서 한 입 먹었다.

"맛있어!" 진심에서 우러나온 말이었다.

"그렇지?"

어째서인지 요코야마 씨가 기뻐해서 재미있었다. 뭔가 먹고 맛있다고 생각한 것은 오랜만이었다. 여성 점장이 와서 말했다.

"미오 씨가 개발했어요, 드셔보세요."

나도 파르페를 주문했다. 잠시 후, 눈앞에 파르페가 도착했다. 긴 스푼으로 초콜릿 아이스크림을 먹었다. 적절한 단맛이 머리와 몸의 피로를 풀어주는 것 같았다.

"정말 맛있어요. 미오 씨, 대단해!"

칭찬하자, 앞에 선 미오 씨가 쑥스러워하며 귀까지 빨갛게 붉혔다. 지금은 이 파르페의 달콤함에 의지하고 싶다. 연인도 없고, 일도 끝나지 않는 주말이지만, 이 파르페가 나를 기대게 해준다. 입가에 묻은 초콜릿 소스를 훔치며 생각했다.

불면 증상이 많이 좋아져서 준 선생님이 "이대로 상태를 보며 약을 줄이는 것도 고려해보죠"라고 말했다. 사오리 선생님도 "상담은 앞으로 한두 번 정도면 되겠어요"라고 말했다. 내 본심을 말할 수 있는 곳은 오로지 상담 시간뿐이어서 사오리 선생님과 헤어지는 것도 쓸쓸했다. 하지만 이대로는 또 사오리 선생님에게 의존하는 것이 된다.

"그래도 보조 바퀴를 떼는 것 같아서 걱정이에요."

"정말 걱정스럽다 싶은 상태면 언제든 우리 클리닉에 와 줘요. 도저히 안 될 것 같을 때, 피난처로 삼을 사람이나 장소를 몇 군데 만들어두면 좋아요. 연인 한 명에게만 전부 의지하면 그 사람도 부담이 크고, 생각보다 중요한 상황일 때는 기대지 못한 적도 많죠?"

듣고 보니 그렇다. 내가 했던 연애 상대는 누구나 그랬다. 그런 연애, 이제 하기 싫다. 상대방에게 의존하는 것은 질색이다.

"선생님, 제가 또 사랑을 할 수 있을까요?"

사오리 선생님의 눈이 나를 지긋이 바라보았다.

"몇 번이나 말했지만, 이것만은 잊지 말아요. 아리마 씨는 그 모습 그대로 사랑받을 가치가 있는 사람이야. 지금 아리마 씨 모습을 바꿀 필요는 없어요. 만에 하나 아리마 씨의 호의를 받아들이지 않더라도, 아리마 씨란 사람에게 어떤 큰 결점이 있는 건 아니에요."

이 모습 그대로 사랑받는 사람이 될 수 있을지 아직 자신이 없었지만, 그래도 고개를 끄덕였다. 그때 문득 요코야마 씨가 생각났다. 집에 갈 때 또 '찻집 준'에 들러서 초콜릿 파르페를 먹어야지. 그렇게 생각하자 즐거움이 하나 생긴 것 같아 기뻤다. 사오리 선생님이 말했다.

"아리마 씨, 왠지 표정이 기뻐 보이네?"

"여기에서 선생님과 상담을 마친 다음에 역 앞 찻집에서 초콜릿 파르페를 먹는 게 제 즐거움이에요."

"'찻집 준'이구나? 나도 거기 파르페를 좋아해요. 한동안 안 갔는데 나도 오늘은 준 선생님이랑 가볼까나?"

사오리 선생님의 그런 말을 들으며 나는 책장의 십자가를 보고 마음속으로 고개를 숙였다. 사람의 마음은 회복된다. 아무리 시간이 걸려도. 준 선생님과 사오리 선생님에게 이걸 배운 것 같았다.

"요 앞 공원, 수국이 예뻐. 이거 먹고 가보지 않을래?"

'찻집 준'에서 요코야마 씨가 이런 말을 했을 때는 이제 곧 장마가 끝나려는 토요일 오후였다. 카운터 위에 요코야마 씨의 카메라가 놓여 있었다. 유행하는 디지털카메라가 아니라 오래된 필름 카메라였다. 예전에 아버지가 갖고 있었던 것 같은 오래된 카메라다. 둘이 나란히 앉아 파르페를 먹고 공원으로 걸어갔다. 가는 길에 지표면을 쓰다듬는 것처럼 비가 내려서 각자 투명 비닐우산을 쓰고 걸었다. 걸으며 지금껏 수국을 예쁘다고 여겨본 적이 없었다고 생각했다. 그런 생각을 품을 여유조차 없을 정도로 일과 연애에 지나치게 빠져 있었다. 내 지난 생활을 조금 반성하기도 했다.

공원에 도착하자, 작은 등롱 같은 꽃을 피운 수국이 아른거렸다. 요코야마 씨는 수국을 찍느라 정신없었다. 그 등에 대고 말을 걸었다.

"카메라가 취미인 줄 전혀 몰랐어."

"나는 취미라고 할 게 없었어. 술도 안 마시니까, 사회인이 되고서 주말에 뭘 하면 좋을지 몰라서 침대에 누워 유튜브만 봤는데…… 그러다가 우울해지더라. ……찻집 근처에 병원이 있거든. 심료내과. 시이노키 마음 클리닉이라고 하는데. 거기 원장 선생님이 권했어. 그 선생님, 엄청난 카메라

마니아거든."

"나도 다녀, 그 병원에."

"어?"

카메라를 든 채 요코야마 씨가 돌아보았다.

"도무지 잠이 안 와서. 언제던가 요코야마 씨가 말한 것처럼 나, 전혀 괜찮은 사람이 아니었어."

"그랬구나……. 그래도 왠지 안심된다. 이렇게 말하면 미안한데, 아리마 씨도 역시 인간이었네."

너무하잖아, 라고 말하며 요코야마 씨와 함께 웃었다.

"그런데 괜찮아?" 내가 물었다.

"괜찮지 않았지만, 조금씩 괜찮아졌어."

"그렇구나."

"아리마 씨는?"

"나도 조금씩 괜찮아지는 중."

"다행이야. 회사 일, 나한테도 좀 줘. 혼자 끌어안지 말고."

"응……."

눈앞에 흐드러진 수국은 각양각색이고, 어느 꽃이나 색이 미묘하게 달랐다. 피난처로 삼을 사람이나 장소를 몇 군데 만들어두면 좋다고, 언젠가 사오리 선생님이 했던 말이 귓가에 아른거렸다. 다양한 곳에 피난처를 만들자고 다짐했다. 후드득, 우산을 때리는 빗소리가 강해졌다. 수국의 다양한 색과 함께 빗소리가 내 마음에 스며들었다. 수국을 여러 각도에서 찍는 요코야마 씨, 보더 셔츠를 입은 그 등을 나는 그저 하염없이 바라보며 서 있었다.

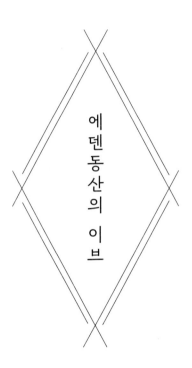

에덴동산의 이브

자고 있는데 야옹야옹 울음소리가 들렸다.

빨리 일어나서 모리스에게 밥을 줘야 해. 억지로 몸을 일으킨 시점에 잠에서 깼다.

어둑어둑한 공간에서 울음소리의 주인에게 시선을 주었다. 내 침대 옆, 아기 침대에서 자는 레나를 보고 흠칫했다.

모리스가 우는 게 아니었다. 모리스는 내가 이십대 때 키웠던 고양이로, 결혼 직전 췌장에 문제가 생겨 죽었다. 우는 건 내 딸 레나지. 그렇게 나 자신을 일깨웠다. 미미했던 울음소리가 응애응애, 하고 순식간에 방을 울릴 정도로 큰 소리로 바뀌었다.

옆 침대에서 자는 남편 히로키를 힐끔 봤다. 임신 중일 때부터 최대한 육아를 하겠다고 그가 단언했었다. 한밤중에 분유는 내가 줄게. 그렇게 말했으면서 최근 보름간 히로키는 한밤중에 레나가 울어도 눈을 뜨지 않는다. 억지로 깨워서 저번처럼 한바탕 다툴 체력도 없었다. 그때 히로키가 졸린 눈을 비비며 내뱉은 말을 잊지 못한다.

"낮에도 일하는데 밤에도 일하라는 거야!"

히로키의 그 말이 지금도 가시처럼 내 마음에 박혀 있다. 육아를 곧 일이라고 여길 줄은 상상도 못 했다. 뭔가 맥이 풀렸다. 솔직히 살짝 실망했다. 이런 식으로 부부 사이에 거리가 생기는 거라고 생각하며 그러느니 직접 하겠다고 일어났다. 레나를 포대기로 감싸 안고서 거실로 갔다. 러그에 깔아둔 아기용 이불 위에 레나를 눕히고 제일 먼저 기저귀를 갈았다.

레나가 태어나고 벌써 3개월이다. 벌써 몇 번이나 기저귀를 갈았을까. 3개월은 90일. 하루에 예닐곱 번은 가니까…… 아직 깨어나지 못한 머리로 계산하려니 잘되지 않는다. 출산 후에 초등학생도 할 수 있는 계산을 못하게 된다고 아무도 알려주지 않았지…… 그런 생각을 하며 재빠르게 기저귀를 갈았다. 레나는 여전히 운다. 빨리 분유를 줘야 해.

새벽에 가까운 시간에 아기를 자꾸 울게 두는 것에 또 자그마한 죄책감이 피어났다. 여기는 지어진 지 30년도 더 된 낡은 맨션이다. 방음도 좋지 않다. 어린아이가 있는 가정이 적고, 주민 연령층이 높다. 물론 출산 전에 일단 이웃에 인사하러 다녀오긴 했지만, 이웃 주민이 레나의 울음소리를 어떻게 생각하는지 모른다. 레나가 울어서 이런 시간에 잠에서 깨는 사람이 있을지도 모른다. 시끄럽다고 생각하지 않을까.

그런 생각에 잠긴 채 빠르게 분유를 탔다. 분유 타는 것도 이제 익숙해졌다. 머리로 생각하지 않아도 손이 기억한다. 이불 위에서 연신 울어대는 레나를 안고 젖병을 입에 대줬다. 냄새로 아는지 울면서 입을 크게 벌렸다. 목에서 소리까지 내며 분유를 먹었다. 이런 결사적인 모습을 보면 나 이외에 의지할 데 없는 생명을 맡았다는 책임감이 무겁게 덮친다.

레나는 내가 너무도 원해서 2년간 불임 치료를 받으며 낳은 아이다. 그 결과 나는 서른여덟 살에 레나의 엄마가 되었다. 고령 임신, 고령 출산으로 얻은 생명…… 그런데 솔직히 말하면 레나를 귀엽다고 여기는 감정이 자연스럽게 흘러넘치지 않았다. 머리로 생각해야만 간신히 레나를 귀엽다고 여긴다.

아이를 낳기만 하면 사랑스럽다는 감정이 자연히 흘러넘칠 줄 알았다. 그런데 나는 그렇지 않다. 남에게 말하면(사실 내게는 그런 깊은 이야기를 나눌 친구도 없다) 불임 치료까지 하며 바란 아이인데 귀여워하지 않다니 너무하다고 비난을 살 게 분명하다. 물론 히로키에게도 이런 마음을 말하지 않았다. 무슨 소리를 들을지 두려워서 말할 수 없다.

트림을 시키려고 분유를 다 먹은 레나의 등을 다정하게 쓸었다. 쓸어주면서 멍하니 벽에 걸린 그림을 봤다. 달마다 넘기는 명화 달력. 그림 아래에 작은 글자로 화가와 제목이 적혀 있다. 앙리 루소의 '에덴동산의 이브'라는 그림인가 보다. 나는 저 그림을 달력에서 보고 처음 알았다. 이끼 같은 초록빛 바림. 거대한 만월 아래, 숲 한가운데에 알몸으로 누운 이브가 꽃을 꺾는다.

이 그림 속 이브는 사과를 먹어 낙원에서 추방된 이브일까, 멍하니 생각했다. 낙원에 그대로 있는 게 좋아, 아이를 낳지 않는 편이 나아……. 내 안에서 목소리가 울렸다. 그 목소리를 부정하는 것처럼 레나가 우렁차게 트림했다. 만족한 표정인 레나를 끌어안고, 내가 도대체 무슨 생각을 하나 싶었다.

요즘 들어 자꾸만 결혼하기 전, 반려묘 모리스와 자유롭게 혼자 살던 시절이 자꾸만 생각난다. 히로키와 만나기 훨씬 전, 설계 사무소에서 시간에 구애받지 않고 일에 집중했고, 휴일에는 먹고 싶은 걸 먹고 자고 싶을 때 자던, 모리스와 함께했던 그 생활……. 나에겐 그것이 낙원에 가까운 일상이었을까.

고개를 들고 달력의 숫자를 바라보았다. 오늘은 18일 토요일. 시어머니가 오는 날인 걸 히로키가 알기 쉽게 꽃 모양으로 표시해두었다. 그걸 보자 마음이 잔뜩 긴장해서 딱딱해졌다. 히로키의 어머니인 그분이 오기 전에 체력 보전을 위해 조금은 자둬야 한다. 조금이라도 눕지 않으면 파워 넘치는 어머니의 방문을 견디지 못할 것이다. 레나를 안고 거실에서 침실로 가는 도중에 나는 한 번 더 달력의 이브를 봤다. 누워 있는 그녀는 무슨 생각을 하고 무엇을 하려고 할까. 이때 그녀는 사과를 먹겠다고 이미 결정했을까.

그대로 거기에 있으렴. 거기가 네 낙원이니까. 나는 또 멋대로 중얼거리는 마음의 소리를 못 들은 척했다.

쿵, 시어머니가 물건이 잔뜩 담긴 장바구니를 식탁 위에 놓았다.

"이건 정어리 매실 조림. 이건 비지…… 음, 그리고."

그러면서 어머니가 마술처럼 장바구니에서 밀폐 용기를 꺼내 식탁에 놓았다.

"고맙습니다!"라고 말하면서 내 마음은 비명을 질렀다. 용기에 든 것은 전부 히로키가 좋아하는 것인 동시에 나는 별로인 음식이어서 평소 우리 집 식탁에 등장하지 않는 것뿐이다. 어머니는 그걸 굳이 만들어서 '가지고 와주신다'. 다만 이런 대량 용기가 애초에 우리 집의 작은 냉장고에 들어갈 리 없다.

엄마가 돌아가셔서 기댈 사람이 없는 나를 위해 어머니는 레나가 태어난 뒤로 한 달에 두 번쯤 빈도로 우리 집에 '와주신다'. 좋은 시어머니일 거다. 머릿속으로 어떻게든 그렇게 생각하려 한다. 나를 마치 당신 딸처럼 귀여워하기도 한다.

"미나, 레나를 돌보느라 지쳤지? 좀 자도 돼. 네 집이니까 나는 신경 쓰지 말고 누워 있어도 된다."

어머니는 그렇게 말씀하지만, 불행하게도 나는 집에 온 시어머니에게 레나를 맡기고 쿨쿨 잘 수 있을 정도로 튼튼한 신경을 타고나지 못했다.

어머니는 머무는 동안 집 구석구석을 정리하고 청소하고 (마음에 걸렸던 욕실 곰팡이도 새하얘졌다! 베란다에 방치

한 쓰레기봉투까지 정리해주신다), 방에 계속 널어둔 빨래를 척척 개킨다. 나는 어머니 뒤를 졸졸 쫓아다니는 유령이 되고 만다. 나는 결국 베테랑 주부인 어머니를 이길 만한 게 무엇 하나 없으니까.

이럴 때일수록 레나가 울어주면 좋겠다고 바라는데, 꼭 이럴 때면 레나는 숙면 시간이다. 그래도 어머니가 내는 생활 소음에 잠이 깼는지 레나가 흐에엥 우는 소리가 들렸다. 나는 침실의 아기 침대로 달려가 레나를 안고 거실로 돌아왔다. 그러나 그 레나도 어머니에게 '빼앗겼다'. 내 두 배의 속도로 기저귀를 갈고 내 세 배의 속도로 분유를 타서, 정신 차려보면 레나는 어머니 품에서 분유를 꿀꺽꿀꺽 먹고 있다. 그런 두 사람을 보면 레나는 내 아이인데…… 레나를 돌려줘…… 하는 질투 비슷한 감정이 마음에 차오른다. 하지만 어머니는 절대 나쁜 사람이 아니니까, 그런 생각이나 하는 내 마음만 좁을 뿐이다, 그래도…….

침실 문이 열리고 히로키가 드디어 나왔다.

"쉬는 날이라고 대체 언제까지 잘 거니! 레나 기저귀라도 갈아!"

어머니의 말은 옳다. 이럴 때는 어머니가 좀 더 강경하게 말해주면 좋겠다. 히로키는 티셔츠 아래로 손을 넣어 몸을 긁으며 식탁 위 용기 뚜껑을 한 손으로 능숙하게 열었다.

"이거 먹고 싶었어! 머위 된장조림!"

"그렇지! 너 먹으라고 만들어 왔단다!"

그러더니 어머니가 레나를 안고서 차례차례 용기를 열었다. 나는 머위 된장조림 같은 거 잘 만들지 못한다(애초에 좋아하지도 않는다).

"어머나, 벌써 시간이 이렇게 됐네. 점심 먹자꾸나. 레나는 여기에서 코 자고"라며 레나를 아기 이불에 눕혔다.

완전히 마마보이가 된 히로키와 어머니와 함께 식탁을 앉을 때면 나는 완전히 녹초가 된다. 나와 식사할 때는 자기 밥을 직접 푸는 히로키도 어머니가 있을 때는 응석받이가 되어서는, 빈 밥그릇을 묵묵히 어머니에게 내민다. 솔직히 말해서 그런 두 사람을 보면 신물이 난다. 나와 히로키가 시간을 들여 정한 '우리 집 규칙'이 어머니의 존재로 '없었던 일'이 되기 때문이다. 밥을 먹으면서도 히로키에게 화가 나고 그걸 용인하는 어머니에게도 화가 나고, 어째서인지 이불에 누워 쿨쿨 자는 레나에게도 화가 났다.

왜냐하면 나만 외부인이니까.

그렇게 생각하자 심장이 또 꽉 조여드는 것 같았다.

레나는 어머니의 사랑스러운 손녀이고 히로키는 어머니

의 사랑스러운 아들이고, 그렇다면 나는 어머니의 사랑스러운 며느리일까, 하는 의문이 생긴다. 애초에 '며느리'라는 단어가 싫다. 그렇다면 새아기? 그것도 좀 아닌 것 같다. 애초에 피가 통해도 사소한 일 때문에 타인 이상으로 냉랭해진다는 것을 나는 돌아가신 엄마와의 관계로 지긋지긋할 정도로 잘 알고 있다.

엄마는 내가 건축학을 공부하는 것도, 설계 사무소에서 일하는 것도 싫어했다. 돌아가시기 전까지 마음이 통했다고 생각한 경험도 손에 꼽을 정도다. 그렇다고 혈연관계가 아닌 시어머니와 앞으로 잘 지낼 것 같은지 물으면, 대답은 노(NO)다. 이제 막 태어난 레나와는 어떨까. 나와 레나의 관계도 나와 엄마의 관계처럼 언젠가 멀어질까. 지금 시점에서도 순수하게 귀엽다고 여기지 못하는 아이인데, 이 아이가 장래에 나를 부모로 소중하게 여길 것 같지 않다. 이런 생각을 하다 보면 뭐가 뭔지 모르겠다.

이상하게 관자놀이 부근이 은은하게 아팠다. 아까 가슴 통증도 그렇고 불길한 예감이 들었다. 폭풍우가 또다시 올지도 모른다는 막연한 불안을 품으면서도 나는 어머니 앞에서 웃는 얼굴을 억지로 만들고 같이 점심을 먹었다.

저녁때가 되어 어머니는 돌아가고, 밤에 히로키가 레나를 목욕시켰다. 나는 거실에서 목욕하고 나올 레나를 위한 준비를 마치고, 반쯤 녹초가 되어 소파에 앉아 스마트폰을 보고 있었다. SNS는 좋아하지 않는데, 그래도 시간이 나면 보게 된다. 인스타그램을 보고 페이스북을 순회하고 트위터*를 살펴볼 때였다.

갑자기 친구 얼굴이 나타났다. 설계 사무소 시절의 동료였다. 그녀가 설계를 담당한 어린이집 앞에 서서 온화하게 웃는 사진이 실린 인터뷰 기사였다. 그녀의 얼굴을 확대했다. 그 시절과 전혀 달라지지 않았다. 내가 설계 사무소를 그만둔 뒤로는 교류가 거의 없는데, 그 기사에 따르면 결혼했고 아이도 있다고 한다.

'맞벌이 부부의 육아는 부부가 함께 어떻게 지혜를 모으는가에 달렸어요. 마찬가지로 건축가인 남편과 함께 매일 정진합니다.' 그 글자가 눈에 들어온 순간, 가슴이 너무도 괴로워졌다.

아아, 역시 왔구나. 스마트폰을 켠 손이 희미하게 떨리기 시작했다. 잠시 후, 심장이 입에서 당장이라도 튀어나올 것

---

* 현재는 사이트명이 '엑스(X)'로 바뀌었다.

처럼 펄떡펄떡 뛰었다. 답답했다. 식은땀이 흘렀다.

"어이!"

욕실 쪽에서 소리가 들렸다. 그런데 나는 소파 위에서 몸을 만 채 꼼짝하지 못했다.

"어이! 미나!"

몇 번이나 불러도 대답이 없어서 이상했는지, 허리에 수건을 두르고 레나를 안은 히로키가 거실로 왔다.

"앗! 미나! 미나!"

몸을 말고 있는 나를 보고 놀라서 달려왔다.

"괜찮아, 괜찮으니까…… 먼저 레나한테 옷 입혀."

내가 말하자 히로키는 나와 품 안의 레나를 번갈아 보며 곤란한 표정을 짓더니, 허리에 수건을 두른 채로 내가 준비한 속옷과 잠옷을 레나에게 입혔다. 레나는 다행히 울지 않았다. 목욕 후에 먹이려고 보리차를 준비해둔 젖병을 히로키에게 가리켜 레나에게 먹이게 했다. 그러는 동안에도 숨이 답답해서 내가 신음하듯이 호흡할 때마다 히로키가 걱정스럽게 나를 살폈다.

"시, 심장이 괴로워? 구급차 부를까?"

"아니, 아니야, 그게 아니라……."

"……설마."

"응, 그거 같아…… 또 이러네."

"아, 그러면 구급차는 괜찮겠네."

"……응. 잠깐 있으면 진정되니까……."

말은 그렇게 했으나 빠르게 뛰는 심장 고동이 도무지 진정되지 않았다. 숨이 답답하고 천장이 빙글빙글 돌았다. 히로키가 레나에게 보리차를 먹이는 것을 지켜본 뒤, 눈을 꾹 감고 옆에 있던 목욕 수건으로 입을 막았다. 그 상태로 계속 심호흡했다. 늘 집에서 쓰는 섬유 유연제 냄새를 맡자, 아주 조금은 마음이 진정되는 것 같았다. 얼마나 시간이 흘렀을까. 나는 천천히 눈을 떴다. 히로키가 눈앞의 러그에 앉아 레나를 안고 있었다. 레나도 차분해서 울 것 같지 않았다. 나는 천천히 몸을 일으켰다.

"괜찮아?"

"……이제 괜찮을 거야, 아마."

"육아 노이로제 같은 건 아니지?"

히로키가 조심스러운 느낌으로 물었다.

"아닐 것 같아." 대답하면서도 꼭 아니라고 할 순 없다고 생각했다.

"전에도 그, 결혼 전에도 있었던 공황……?"

"응, 아마 그거일 거야."

설계 사무소에서 일할 때, 나는 일이 너무 바쁘고 인간관계에 스트레스를 받아 공황장애가 생긴 적이 있었다. 사람으로 꽉 찬 통근 전철을 탈 수 없어서, 결혼을 계기로 일을 아예 그만두었다. 두세 번쯤 병원에 다니며 약을 받긴 했으나, 얼마 지나지 않아 그 약도 먹지 않고 병원에 발을 끊었다. 다른 것보다 병원의 분위기와 의사의 언행에 익숙해지지 못했고, 내가 정신적으로 병든 인간이라고 인정하기 싫었다. 오늘 다시 증상이 나타난 것은 아마 설계 사무소 옛 동료의 기사를 트위터에서 봤기 때문일 것이다. 엄마로서의 역할과 일을 양립하고 인터뷰하는 그녀에게 열등감을 느꼈다. 나도 원래는……

설계 사무소에 다니던 시절에는 내가 일을 더 잘했고, 그녀보다 훨씬 능력도 있었다고 생각한다. 만약에 공황장애 같은 게 생기지 않았다면, 히로키와 결혼하지 않았다면, 레나가 태어나지 않았다면…… 잔혹한 '만약에'가 머릿속을 가득 채웠다. 그러나 이런 본심을 히로키에게 말할 수도 없다.

엄마가 되면 정신병과 연을 완전히 끊을 수 있다고 믿었다. 왜냐하면 세상의 모든 엄마는 강해 보이니까. 나도 그랬다. 레나가 태어나고 지금까지 석 달간 아무리 수면 시간이 줄어도(그건 서른여덟 살인 내게는 고역이었다), 밥을 만족스럽게 먹지 못해도, 어떻게든 엄마로서 역할을 했고(매일 그렇게 해내는 나를 자랑스럽게 여기기도 했다), 정신병이 파고들 틈이 없다고 믿었다.

그런데 그녀는 엄마로서의 역할뿐 아니라 그 힘든 설계 일까지 해내고 있다고 생각하자, 내가 너무도 무력하게 느껴졌다. 히로키가 침묵을 지키는 나를 불안하게 바라보았다. 두근거림이 진정된 시점에 나는 마음먹고 히로키에게 말했다.

"저기, 오늘 밤이랑 내일은……."

"응?"

"나, 요 석 달간 제대로 쉰 적도 없잖아? 그러니까 오늘 밤은 혼자 푹 자고 싶어. 내일은 가고 싶었던 미용실에도 다녀오고 싶으니까, 하루만 엄마 일을 쉬면 안 될까?"

이번에는 히로키가 입을 다물 차례였다.

"레나랑 나랑 단둘이? 내일도?"

"레나는 분유만 주면 되고 당신도 기저귀를 갈 수 있잖아. 내일, 도저히 안 되겠다 싶을 때는 전화해도 되니까……."

"으음……."

"나, 오늘 어머니 앞에서 착한 며느리로 있었잖아?"

"으으음."

히로키가 쉽게 이해해주지 않았다.

"내일 준 씨한테 가서 괜찮은 정신과 병원이 있는지 물어볼게. 준 씨라면 이곳에 쭉 살았으니까 분명 알고 있을 거야. 저기……."

"응?"

"내가 제일 무서운 건, 레나랑 둘이 있을 때 공황을 일으키는 게 아닐까 하는 거야. 지금 그런 생각이 들었어. 그러니까 이 병, 제대로 병원에 가서 고치고 싶어."

이렇게까지 말해도 여전히 으음, 하고 입을 꾹 다물었던 히로키지만 내 얼굴과 품에 안은 레나의 얼굴을 교대로 바라보고 마음을 정했나 보다.

"응, 알았어. 내일 나 힘내볼게."

마치 어린애처럼 울려는 듯한 표정을 지었다. 나는 진심으로 지쳤다. 히로키에게서 하루 하고 반나절만 쉬고 싶다는 '허가'를 받기 위해 왜 이런 소리까지 해야만 하는가……. 아까 봤던 그녀의 인터뷰 기사가 또 떠올랐다. '맞벌이 부부의 육아는 부부가 함께 어떻게 지혜를 모으는가에 달렸어요.' 내가 일을 그만둔 전업주부니까 히로키가 나를 쉽게 해주지 않는다는 생각이 문득 들자, 또 숨 쉬기가 괴로워지는 것 같아서 의식적으로 그다음을 생각하지 않기로 했다.

마침내 히로키가 무거운 엉덩이를 들어 거실에 이불을 깔았다. 레나는 평소와 다른 상황에 울기는커녕 작은 손으로 히로키의 뺨을 치덕치덕 만지며 좋아했다. 히로키는 불안한 티를 냈지만 나는 못 본 척했다.

그날 밤은 목욕도 하지 않고 침대에 누웠다.

이불로 몸을 따뜻하게 덮고 시트의 차가운 부분을 발끝으로 더듬으며 나는 느른한 졸음이 몰려오기를 기다렸다. 거실에서 레나가 칭얼거리는 소리가 들려 무심코 일어날 뻔했으나 오늘 밤은 나를 우선으로 여길 거라며 눈을 꾹 감았다. 그러다가 어느새 빨려 들어가는 것처럼 깊은 잠의 세계에 들었다.

다음 날 일요일, 히로키의 눈 밑에 새까맣게 다크서클이 졌지만 그것 역시 못 본 척하고, 히로키가 만든 간단한 아침(버터 바른 토스트와 인스턴트 수프)을 먹었다. 출산한 이후로 선크림만 발랐던 얼굴에 오늘은 꼼꼼히 화장을 했다. 외출할 시간이 되자, 레나는 뭔가 느낌으로 알았는지 조금 울었지만 "오늘만이야, 오늘만"이라고, 아마도 레나는 알아듣지 못할 변명을 하고 집에서 나왔다. 히로키가 원망스러운 얼굴로 이쪽을 봤지만 내 알 바가 아니다.

오전에는, 출산하고 처음으로 미용실에 갔다. 자라게 내버려둔 머리카락을 짧게 자르고 밝게 염색했다. 이걸로도 충분하다 싶었고 레나도 걱정됐지만, 오늘 하루는 쉴 것이다. 급하게 돌아갈 필요도 없다. 조금만 더 혼자만의 시간을 즐기기로 했다. '찻집 준'에 가서 준 씨에게 병원 정보도 듣고 싶었다. 게다가 언제 또 공황이 올지 모른다고 생각하면 불안해 미치겠다.

출산하고 처음으로 혼자 찻집에 갔다. 늘 레나를 앞으로 안고서 '아이를 데리고 가면 폐를 끼치겠지' 하며 한스러운 표정으로 앞을 지나가곤 했다. 임신 전에는 거의 매일같이 다녔던 곳이다. 오랜만에 준 씨 얼굴도 보고 싶었다. 가게 앞에 도착했더니 세상에, 몇 명이나 줄을 서 있었다. 젊은 사람들뿐이라 기가 죽었다. 언제부터 이렇게 인기가 생겼지! 그래도 제일 끝에 섰다.

그때 갑자기 심장이 두근거리기 시작했다. 줄을 서는 것에서 사람 많은 통근 전철을 연상했는지도 모른다. 위험해, 위험해. 지금 당장 집에 가야 한다고 발걸음을 돌렸을 때였다. 숨을 쉬지 못하겠어! 손발이 저리고 극심한 현기증이 일어 기절할 것 같았다. 쓰러지면 민폐니까 그 자리에 쪼그리고 앉은 나를 줄 선 사람들이 의아한 눈으로 바라보았다. 한데 내 앞에 섰던 한 젊은 여자가 가게 안으로 달려가는 것이 보였다. 앞치마 차림인 준 씨가 문에서 뛰어나왔다.

"아니, 미나 씨잖아!"

괜찮다고 말하고 싶은데 입이 말라서 잘 움직이지 않았다. 그래도 말했다.

"지, 집에 갈게요."

"바보 같은 소리 말고. 구급차 부를까?"

아니요, 하고 고개를 젓는 것만으로도 힘들었다.

"일단 가게 안에서 쉬어."

준 씨가 말하자 줄을 섰던 한 남자가 어깨를 빌려주었다. 다들 다정하다는 생각에 눈물이 날 것 같았다. 결국 나는 남자에게 거의 안겨서 가게로 들어가 준 씨의 안내를 받아 직원실 소파에 누웠다.

"약, 갖고 있어?"

아니라고 고개를 저었다.

"공황장애지?"

준 씨가 귓속말해서 나는 고개를 끄덕였다. 그런데 준 씨가 어떻게 그런 걸 알까.

"진정될 때까지 여기 있어도 돼. 히로키 씨한테 연락할까?"

"……조금만 있다가……."

그 말을 하는 것이 고작이었다. 준 씨가 홑이불 같은 것으로 내 몸을 꽉 감싸주었다. 기분 좋았는데, 심장 고동이 진정될 것 같지 않다. 바쁜 준 씨에게 폐를 끼치고 말았다는 생각에 눈물이 났다. 그래도 아주 조금은 잠들었나 보다. 활짝 열어둔 직원실 창문에서 금목서 향이 들어왔다. 문이 조용히 열리고 젊은 여자가 들어왔다. 이 사람은 아르바이트생인 미오 씨다. 미오 씨도 오랜만에 보는데 제법 어른스러워진 것 같다.

"뭔가 따뜻한 걸 가지고 올게요."

미오 씨가 정신 차린 내 얼굴을 보고 안심한 듯이 방에서 나갔다. 아직 조금 현기증이 났지만 소파에서 몸을 일으켰다. 잠깐 기다리자, 준 씨가 허브 차를 쟁반에 담아 들고 들어왔다.

"아, 나 히로키한테 전화해야지." 중얼거리며 가방에서 스마트폰을 찾았다.

"이거 마신 후에 해도 되잖아. 편하게 쉬어."

"죄송해요. 가게가 바쁜 때."

"지금 시간에는 손님도 얼마 없어. 미오 씨도 있으니까 괜찮아."

"잘 먹겠습니다." 인사하고 준 씨가 가져다준 허브 차를 한 모금 마셨다. 차가 따뜻해서 마음이 푹 놓였다.

"저기, 준 씨……."

"응?"

"아까 제가 공황장애인 걸 어떻게 알았어요?"

"그야 당연히 나도 그랬으니까."

"준 씨가요……?"

나는 이 가게에서 활기차게 움직이는 준 씨밖에 모른다. 준 씨에게 그런 측면이 있을 줄은 상상도 못 했다.

"아이를 낳은 다음에 공황장애뿐 아니라 심각한 육아 노이로제에 걸렸어. ……그것 때문에 남편과도 헤어졌지. 아이도 그쪽에서 데려갔고……."

"그랬군요……."

준 씨에게 아이가 있는 줄도 몰랐다.

"아이를 낳고 마음의 병에 걸리는 사람이 생각보다 많아. 저기, 미나 씨, 지금 병원에 다니진 않고?"

"전에 다녔던 병원이 있는데 저랑 좀 안 맞아서. 그래도 가야 한다고 생각은 해요……. 오늘 준 씨한테 좋은 병원이 있는지 물어보려고 왔어요."

내 말을 들은 준 씨가 작은 종이를 내밀었다. '심료내과 시이노키 마음 클리닉'이라고 작은 글씨로 적혀 있었다.

"이 동네에서 제일 추천하는 클리닉이야. 나도 다녔었어. 아이를 데리고 가도 괜찮은 걸로 아니까 혹시 마음이 내키면⋯⋯."

준 씨가 거기까지 말했을 때 직원실 문이 열렸다. 아기 띠를 해서 레나를 앞으로 안은 히로키가 걱정스러운 표정으로 서 있었다. 준 씨가 연락했을까.

"어라, 미나 씨가 여기 있는 줄 어떻게 알았을까⋯⋯?"

"미나가 전화해도 안 받아서 왠지, 왠지 불길한 예감이 들어서요⋯⋯. 미나라면 반드시 준 씨한테 올 줄 알았으니까요."

"사랑의 힘이네." 준 씨가 웃었지만 나는 제대로 웃지 못했다.

어제 일어난 공황은 단순한 우연이라고 생각하고 싶었다. 그러나 또 한 번 일어났다. 역시 병이 재발했다는 걸 인식하자, 억지로라도 웃지 못하겠다. 마음의 병이라도 환자는 환자라는 생각에 마음이 어두워졌다. 고개를 푹 숙인 내 우울한 표정을 보고 준 씨가 말했다.

"레나랑 둘이 있다가 혹시라도 공황이 오면 우리 가게에 전화해. 나나 미오 씨가 미나 씨 집으로 달려갈 테니까!"

"네? 준 씨한테 그렇게까지 폐를 끼칠 수 없어요!"

"무슨 소리야. 곤란할 땐 서로 도와야지. 도저히 안 되겠다 싶을 때는 나라도 괜찮다면 기대도 돼." 준 씨가 대단한 일이 아니라는 듯이 말했다.

준 씨의 말은 물론 감사하지만, 만약 공황이 오더라도 준 씨에게까지 폐를 끼칠 순 없다고 마음을 다잡았다. 그래도 정말로 그런 일이 생기면 어떻게 해야 할까. 히로키는 회사에 있고……. 역시 준 씨에게 전화를 걸어버릴지도 모른다.

레나를 안은 히로키와 나, 셋이서 맨션을 향해 걸었다. 레나는 내 얼굴을 보자 기쁜지 꺅, 꺅, 하고 소리를 냈다. 다만 기분 좋은 것은 레나뿐이고 내 마음은 어두웠다. 히로키도 아무 말이 없었다. 내 병이 우리 둘 사이의 이 우울한 분위기를 만들었다는 것만은 분명했다.

다음 날, 클리닉이 여는 시간이 되자마자 전화를 걸었다. 사정을 말하자, 전화를 받은 남성이 "지금 바로 오세요"라고 말해서 안심했다.

레나를 데리고 가도 되는지 전화로 확인하자 "물론이죠, 어서 오세요. 아기와 만날 수 있다니 기대됩니다"라며, 정말 마음 클리닉 직원이 맞나 싶은 밝은 목소리로 대답했다. 그렇다고 내 마음이 금방 가벼워질 리는 없다. 이 동네에는 아는 사람도 많고, 같은 맨션의 주민이 아이를 데리고 마음 클리닉에 가는 모습을 보기라도 하면 무슨 소리를 할지 모른다. 그래도 빨리 클리닉에 가지 않으면 다음 발작이 일어날 것 같아 두려웠다. 레나를 아기 띠로 안고 집을 나섰다.

당연히 역 앞의 빌딩에 있을 줄 알았는데, 스마트폰 지도 앱을 보고 찾아간 '시이노키 마음 클리닉'은 아주 평범한 주택과 다르지 않아 맥이 빠졌다. 대문을 열고 잘 관리한 마당을 지나 무거운 나무문을 열자 현관과 복도가 나와서 정말 평범한 가정집 같았다. 나를 맞아준 사람은 머리가 짧은 여성으로, 나보다 열 살 정도 나이가 많아 보였다. 레나와 나를 보고 미소 짓더니 방긋 웃는 레나를 보고 "세상에, 어쩜 이렇게 귀엽니?" 하고 어르는 소리를 냈다. "여기에서 아기 띠를 풀어요"라고 안내해준 곳은 대기실 같은 방(평범한 가정집이라면 여기가 아마도 거실)으로, 고맙게도 나 이외에 환자는 없었다. 여성이 말했다.

"오전에 예약했던 환자 두 분이 다 감기여서요. 예약을 취소했어요. 그러니 이 시간은 혼자 쓰실 수 있어요. 아기에게 분유를 먹여도 되고 기저귀를 갈아도 되고, 몸이 힘들면 거기 누워도 돼요."

"저기, 그럼 죄송합니다. 기저귀를 갈아도 괜찮을까요?"

여성이 "물론이죠"라고 말하고 바닥에 깔 목욕 수건을 가지고 왔다.

기저귀를 갈고 고개를 들자, 한 남성이 다가와 "귀엽군요"라며 레나의 얼굴을 들여다보았다. 전화를 받은 남성일까. 이 사람이 의사인가? 하지만 백의도 입지 않았고, 마음 클리닉 선생님 같아 보이지 않았다. 내가 다니던 병원 선생님은 좀 위압적이어서 이런 식으로 부드러운 표정을 짓지 않았다.

"정말로 귀엽지?" 여성도 레나를 들여다보며 말해서, 마치 두 사람의 손주를 데리고 친정에 온 것 같은 기분이었다.

"다른 환자도 없으니까 여기에서 전부 할까?" 남성이 말하자 여성이 "그럴까. 맛있는 파운드케이크가 있어. 조금 잘라서 가져올게"라며 바쁘게 방 안쪽의 부엌으로 갔다. 정말 여기는 병원 같지 않다. 남자가 명함을 줬다. '시이노키 준'이었다. 이 사람이 의사구나.

여성이 케이크를 담은 접시와 허브 차 같은 붉은색 차를 내 앞 낮은 탁자에 놓고 명함을 줬다. '상담사 시이노키 사오리'였다. 나는 무심코 물었다.

"아, 부부시군요……?"

"네, 사오리 선생님이 문진과 상담 담당. 내가 진찰 담당이에요."

준 선생님이 대답하며 사오리 선생님과 눈을 마주치고 웃었다. 사이가 좋아 보여서 조금 부러웠다.

"그럼 우선 문진표와 이 용지에 현재 증상을 적어볼까요……."

"네……."

내가 용지에 적는 동안 사오리 선생님이 레나를 안아주었다. 레나는 울지도 않고 얌전히 생글거리며 안겨 있었다. 그 모습을 보자 왠지 울고 싶었다. 이렇게 아무것도 모르는 갓 태어난 아이인데 엄마가 공황장애라니, 레나가 너무 딱해서 미칠 것 같았다. 참으려고 했는데 펜을 쥔 채 울고 말았다. 사오리 선생님은 내가 울어도 동요하지 않고 묵묵히 티슈 상자를 내밀었다. 준 선생님이 내가 적은 용지를 한동안 들여다보았다.

"그렇군요, 가스가 씨가 때때로 겪는 상태는 공황장애라고 해도 좋겠어요."

그 말을 듣자 눈물이 왈칵 쏟아졌다. 사오리 선생님이 내 손을 잡고 말했다.

"출산한 여성에겐 드물지 않아요. 출산 후에는 여성호르

몬의 균형이 무너져서 정신적으로 불안정해지기 쉽고, 처음 하는 육아만으로도 몸과 마음이 큰 부담을 받아요. 우리 클리닉에도 그런 분이 적지 않아요…….."

준 선생님도 이어서 말했다.

"공황이 오지 않게 약으로 조절하며 사오리 선생님과 상담을 진행해볼까요. ……물론 우리 클리닉은 아이를 데리고 와도 됩니다."

"네……."

사실 약을 먹는 것에는 약간 저항을 느꼈으나, 레나와 단둘이 있을 때 공황이 오는 것이 제일 무서웠다. 그 무시무시한 상황을 약으로 조절할 수 있다면 그저 고마울 뿐이었다.

그리하여 일주일에 한 번, 시이노키 마음 클리닉에 다니기로 했다. 물론 레나와 함께. 약을 먹는 덕분인지 공황이 올 것 같은 전조가 없었다. 그래도 만에 하나 레나와 둘이 있을 때 공황이 올 것 같으면 곧바로 클리닉에 전화하라는 말을 들어서 기뻤다. 시이노키 마음 클리닉은 금세 내 마음의 피난처가 되었다.

그러고 보니 레나가 태어난 후로 남편이나 시어머니 이외의 어른과 제대로 대화를 나눈 적이 없다. 몇 안 되는 친구에게서 때때로 라인 메시지가 오지만, 다들 아이가 성장해서 (혹은 아이가 없어서) 젖먹이 아기에 관한 상담을 할 수 없었다. 레나에게 친구를 만들어주기 위해서라도 공원에 가야 한다고 생각해서 갔다가도 막상 젊은 엄마들의 분위기에 짓눌려 발걸음을 돌린 적도 있다. 그러니 약 한 시간이라지만, 또 마음 클리닉의 상담이라지만, 사오리 선생님이 내 이야기를 들어줘서 기뻤다.

사오리 선생님과 대화하면서 내가 공황장애로 일을 그만둔 것에 큰 좌절감을 느낀다는 사실을 절실히 깨달았다. 실제로 출산 이후 처음으로 공황이 왔을 때처럼, 인터넷이나 친구의 메시지로 옛 친구나 동료의 활약상을 접하면 내 안에 침전물이 쌓이는 것 같다. 어쩌면 저 사람이 나였을지도 모르는데…… 하는 비뚤어진 생각이 가슴에 남았다. 좀 더 솔직하게, 레나만 없다면…… 이라고 생각한 적도 한두 번이 아니다. 그때마다 나는 자책했다.

불임 치료까지 해서 간신히 낳은 레나인데.

어느 날, 상담하다가 울면서 사오리 선생님에게 말했다. 그때 레나를 내가 안고 있었다. 사실은 레나의 작은 귀를 막고 싶었다. 레나는 펠트로 만든 작은 코끼리 인형을 입에 넣고 침으로 축축하게 적시고 있었다.

"남편에게도 말한 적 없는데요. 선생님, 저는 레나가 귀엽

지 않아요. 사실 저는 일을 계속하고 싶었어요. 하지만 마음
에 병이 생겨 그러지 못해서, 불임 치료를 시작했어요…….
일을 못 하면 엄마라도 될 수 있을 거라는 너무 가벼운 마음
으로…….”

"엄마가 되는 정당한 이유는 없지 않을까요? 게다가 낳은
아이를 귀엽다고 생각하지 못하는 것 자체도 이상한 일이
아니에요. 극단적인 사례지만, 마음의 병을 앓는 엄마가 도
저히 아기를 사랑하지 못해서 시설에 맡긴 적도 있어요. 하
지만 나는 이런 일을 하다 보면 그런 엄마와 아이가 불행하
다고만 생각하진 못하겠어요. 또, 처음부터 아이가 너무 귀
엽다고 생각하는 사람이 오히려 소수 아닐까? 어떤 엄마든
시도 때도 없이 귀엽다고 생각할 리는 없고, 어느 순간에 문
득 느끼는 것 아닐까…….”

"…….”

"게다가 여기 오는 가스가 씨와 레나를 보면요, 가스가 씨
가 딸을 귀여워하지 않는 것처럼 보이지 않아요. 아니다, 귀
여워하진 않을 수도 있겠지만, 가스가 씨는 매일 레나에게
분유를 먹이고 기저귀를 갈고 씻기고 깨끗한 옷을 입히죠.
거기에 귀엽다는 감정을 얹지 못해도 가스가 씨는 이미 넘
치도록 잘하고 있어요……. 지금은 그것만으로도 만점이

야."

"그럴까요……." 나는 사오리 선생님이 건넨 티슈로 코를 풀며 말했다.

"게다가 지금 당장은 아니더라도 일을 다시 시작하면 되잖아요."

"네?"

나는 조심스럽게 물었다.

"그럴 수 있을까요?"

"가스가 씨 증상은 그렇게 무겁지 않고…… 점점 좋아지고 있어요. 약만 잘 먹으면 앞으로 공황이 올 걱정도 없을 테고……. 지금 당장은 아니더라도 레나를 어린이집에 보내고 조금씩 일을 시작하는 것을 목표로 삼으면 가스가 씨에게도 절대 나쁘지 않겠죠."

사오리 선생님의 말을 듣자, 내 마음속에서 작은 꽃봉오리가 벌어진 것 같았다.

"레나를 잠깐 안아도 될까요?"

사오리 선생님이 말했다.

"그럼요."

내 품에 있는 레나에게 사오리 선생님이 팔을 내밀었다. 레나는 사오리 선생님 품 안에서 방긋방긋 웃으며 칭얼거리지 않았다. 레나도 사오리 선생님을 좋아하는구나. 선생님 등 뒤의 책장에 문득 시선이 갔다. 작은 액자에 시선이 멎었 다. 아주 오래된 사진이다. 여기에서는 잘 안 보이지만, 갓 태어난 아기처럼 보이기도 했다. 내 시선을 알아차렸는지, 사오리 선생님이 레나를 안은 채 액자에 시선을 줬다.

"아아, 저건 내 아이예요……."

"그럼 많이 성장했겠어요……."

"……."

사오리 선생님은 한동안 말이 없었다. 내가 아니라 레나 에게 말을 거는 것처럼 입을 열었다.

"……아니요. 심장 질환이 있어서. 태어나자마자 몇 번이 나 수술을 반복했는데 결국 실패했어요……."

"그랬군요……."

"그 일을 겪고 마음에 병이 생겨서……. 그래서 남편은 의 학부에 다시 들어가 정신과 의사가 되었어요……. 그저 평 범한 회사원이었는데. 나도 병이 안정된 뒤에 상담사가 되 려고 공부를 시작했죠……."

그렇게 말하는 사오리 선생님의 얼굴에 레나가 작은 손을 뻗었다.

"내가 하는 일이 이렇다 보니까, 건방지게 들리는 소리를 나도 모르게 한다면 미안해요. 가스가 씨, 인생은 몇 번이든 어디에서든 다시 한번 시작할 수 있어요. 나는 준 선생님에게 그걸 배웠고, 여기에 온 사람들에게도 배웠어요. 게다가 가스가 씨의 인생은 이제 막 시작했잖아요. 그렇지, 레나?"

사오리 선생님이 말을 걸자, 레나가 살포시 웃었다. 레나는 얌전한 아이여서 나를 곤란하게 한 적이 별로 없다. 그걸 안 것도 시이노키 마음 클리닉에 다니고 나서였다.

사오리 선생님의 '인생은 이제 막 시작했다'라는 말에 눈이 뜨이는 것 같았다. 사오리 선생님의 말을 들으며, 나는 어째서인지 찻집의 준 씨가 생각났다. 사오리 선생님도, 준 씨도 과거에 그런 일을 겪었다고 믿어지지 않을 만큼 강하고 유연하다. 지금 나에게 그런 여성상은 너무 멀다. 그래도 언젠가 그 두 사람 같은 여성이 되고 싶다고 바랐다.

"아니, 이 약은 대체 뭐니?"

평일 어느 날, 시어머니가 또 우리 집에 왔다. 남편은 출근해서 집에 없었다. 그런데도 어머니의 장바구니를 가득 채운 것은 늘 그렇듯이 대량의 밀폐 용기였다. 어머니가 식탁 위에 놓아둔 약봉지와 처방전을 들고 새된 소리를 냈다. 어머니가 처방전을 내려다보고 있었다. 그걸 보면 무엇을 위해서 그 약을 먹는지 금방 알 수 있다.

"마음의 불안을 진정하는 약이라니……. 이제 막 태어난 레나가 있는데! 마음의 병이라니, 미나, 도대체 어떻게 된 거니?"

어머니의 목소리에 심장이 떨렸다. 솔직히 말해서 불편한 어머니를 정면으로 마주하는 것이 두려웠다. 그래도 제대로 말해야 한다. 나를 위해서, 레나를 위해서.

"어머니, 저는 공황장애라는 마음의 병을 앓아요. 그래도 전문 병원에 다니며 제대로 치료를 받고 약도 먹어요. 증상 이 조금씩 나아지고 있어요. ……또 언젠가는 다시 일하고 싶어요. 그러니까 지금은."

"너는 지금 아프다면서 레나를 어린이집에 보내고 일하고 싶다는 소리니?"

"……지금 당장이 아니고요. 언젠가 그러기 위해서 지금 은 치료에 전념해서."

"엄마가 마음의 병이라니! 레나가 불쌍하구나!"

어머니의 말이 내 심장을 찔렀다.

가장 아팠던 것은 "미나, 네가 그렇게 마음이 약한 사람인 줄 몰랐다. 그걸 알았다면 히로키와의 결혼도 허락하지 않 았어"라는 한마디였다.

지금 나를 짓밟기에 넘치도록 충분한 말이었다. 눈물이 나올 것 같았지만 꾹 참았다. 사오리 선생님과 상담하며 조금씩 회복한 자기 긍정감에 시꺼먼 먹물을 맞은 기분이었다. 어머니는 "레나를 우리 집에 데리고 가마"라는 소리까지 했다. 나는 품에 안은 레나를 넘기지 않았다. 어머니에게 레나를 주지 않으려고 아기 띠로 레나를 안았다. 심상치 않은 분위기에 놀랐는지 레나가 울기 시작했다. 이게 무슨 아수라장인가 싶었다. 그래도 레나를 지켜야 한다.

"제가 엄마예요. 레나는 제 아이라고요."

그 말이 내가 할 수 있는 한계였다.

어머니가 언제 돌아갔는지도 모른다. 돌아가면서 뭐라고 심한 말을 한 것 같은데, 그 전부를 당장 잊고 싶었다.

나는 울다 지쳐 잠든 레나를 안고 소파에 앉아 창밖이 어렴풋하게 저물어가는 것을 그저 바라보고 있었다.

레나의 머리를 쓰다듬었다. 아직 다 자라지 않은 포슬포슬한 머리카락이 땀으로 뭉쳐 있었다. 갓난아기치고 긴 속눈썹. 작은 코, 작은 입술. 이렇게 차분하게 레나 얼굴을 본 적 없었다. 귀엽다는 마음과는 아직 조금 거리가 있지만, 이 아이를 지켜야 한다고 강렬하게 생각했다. 이 아이가 기댈 수 있는 엄마는 이 세상에 나밖에 없으니까. 그럼 나를 지켜

줄 사람은 누구일까……. 히로키가 생각났지만, 어째서인지 그 전에 시어머니가 생각났다. 히로키는 아직 레나의 아빠, 내 남편이기 전에 어머니의 아들이다. 이것도 언젠가는 대화를 나눠야 한다……. 그렇게 생각하며 나도 조금 잠들었던 것 같다. 퇴근한 히로키가 나를 흔들어 깨울 때까지 잠든 것도 몰랐다.

"저기, 저녁은?"

그 말이 정말이지 지긋지긋해서 나는 냉장고를 가리켰다.

"당신이 좋아하는 거, 전부 저기 들어 있어. 어머니가 가지고 왔으니까 뭐든 좋아하는 걸 먹으면 되잖아." 그렇게 말하고 나는 레나를 앞으로 안은 채 일어나 작은 토트백을 들고 히로키 앞을 지나갔다.

"아니, 잠깐, 이 시간에 어디 가는 거야!"

등 뒤에서 히로키의 외침이 들렸지만 알 게 뭐냐 싶었다. 아무튼 히로키 앞에서, 어머니가 아까 한 말이 굴러다니는 것만 같은 그 집에서 사라지고 싶었다. 맨션 복도를 잰걸음으로 달려 막 올라온 엘리베이터에 탔다. 스마트폰으로 시간을 확인했다. 저녁 7시가 지났다. '찻집 준'도 문을 닫았다. 그래도 입구를 빠져나가 맨션에서 멀어졌다.

코트를 입지 않아도 괜찮은 기온이지만 그래도 조금은 쌀

쌀했다. 입고 있는 긴 카디건으로 아기 띠 안의 레나를 감싸 듯이 안았다. 레나는 고맙게도 아기 띠에 안겨 얌전했다. 아까 어머니에게 들은 말이 귀 내부에서 여전히 왕왕거리며 울렸다. 눈물이 번질 것도 같았지만, 마음의 병이 뭐 그렇게 나쁘냐고 큰 소리로 반론하면 좋았겠다는 후회가 마음속에 퍼졌다.

정육점 진열장에 놓인 황금빛 크로켓을 보자 배가 꼬르륵 울렸다. 내 앞을, 책가방에 노란색 커버를 씌운 초등학교 1학년 정도로 보이는 어린 여자애와 하이힐을 신은 엄마 같은 여성이 손을 잡고 걸어갔다. 나도 일을 시작하고 레나도 성장하면…… 저런 모녀가 될 수 있을까. 그런 상상이 즐거웠지만, 거기에 히로키가 등장하지 않는 것이 두렵기도 했다. 혼자 일하면서 레나와 산다? 나는 그 이상을 상상하지 않기로 했다.

상점가를 금방 빠져나와 문이 닫힌 '찻집 준'을 들여다보았으나 불은 꺼졌고 누가 있는 것 같지 않았다. 계속 가면 작은 공원이 있다. 늘 젊은 엄마들이 모여 있어서 발길이 닿지 않았던 공원이다. 물론 이렇게 늦은 시간에는 누가 있을 리 없다. 그래도 나는 공원에 들어가 레나를 안은 채 그네를 탔다.

스마트폰이 몇 번이나, 몇 번이나 울렸다. 히로키인 줄 아니까 전화를 받지 않았다. 오랜만에 탄 그네에 살살 흔들리며, 공원에서 보이는 대형 맨션의 불빛을 바라봤다. 집마다 색색의 불빛. 어디선가 들리는 아기 소리는 레나보다 조금 더 큰 아이인 것 같았다. 그 아이의 목소리에 이끌리듯이 레나가 울기 시작했다. 아아, 분유를 먹일 시간이다. 집에 가야겠네……. 대체 이런 곳에서 뭘 하는 거야, 하고 생각하면서 일어나 조금 죄책감을 느끼며 레나를 어르고 집으로 가는 길을 걷기 시작했다.

"아니! 대체 어디에서 뭐 하고 있었어!"

그 목소리에, 순간 얻어맞는다고 생각했으나 물론 그런 일은 없었다. 히로키의 목소리는 그 정도로 노기등등했다. 그런 목소리는 처음 들었다.

나는 히로키를 무시하고 레나를 안은 채 부엌에 가서 손을 씻고 분유를 탔다. 만든 분유를 낮은 탁자에 놓고, 레나를 아기 이불 위에 눕혔다. 다시 안고 분유를 먹이려고 했는데, 히로키가 레나를 안으려는 것처럼 팔을 내밀었다. 그 전에 내가 얼른 안았다. 소파에 앉아 레나의 입에 젖병을 댔다. 레나는 어지간히도 배가 고팠는지 금세 목에서 소리를 내며 분유를 먹기 시작했다. 히로키가 뭔가 말하고 싶은 표정으로 나를 봤으나 나는 무조건 무시했다. 그래도 히로키가 입을 열었다.

"……어머니가 뭐라고 하셨지?"

나는 입을 다물었다. 어머니가 한 말은 여전히 내 귓가에 울렸고, 그것은 생각보다 아주 깊이 내 마음에 박혔다. 가시가 뽑힐 날이 올 것 같지 않았다.

"심한, 심한 말이었어. 인간으로서 용서하지 못할 말……."

레나에게 분유를 주며 나는 단숨에 말했다. 이런 말은 입에 담기도 싫다. 말만 했는데 잔뜩 피로가 몰려왔다. 히로키가 내게 스마트폰을 내밀었다. 어머니가 보낸 라인 메시지가 줄줄 이어졌다. 나는 무심히 그 메시지를 봤다.

'미나가 마음의 병에 걸렸다면서?'

'레나를 미나에게 맡겨도 괜찮을까?'

아까 어머니에게 들었던 것과 비슷한 말이다. 나는 진심으로 넌더리가 나서 말했다.

"당신도 같은 마음이지? 사이좋은 모자지간이니까 생각하는 게 틀림없이 똑같겠지."

히로키의 눈빛이 정말 화가 나 보였다. 그래도 내 말은 멈추지 않았다.

"나는 마음이 아픈 사람이니까 내가 레나의 엄마가 아닌

게 낫겠지? 당신은 아무것도 묻지 않지만 그래도 내 마음은 조금씩 나아지고 있어. 언젠가 다시 일도 시작하고 싶다고 생각해. 그게 지금 내 가장 큰 목표야. 실현할 수 있을지 잘 모르지만. 당신이나 어머니가 날 이해해주지 않는다면, 나는 레나와 둘이 살면서."

그 순간, 내 뺨에 히로키의 손이 닿았다. 때릴 생각이었을지도 모르나, 히로키의 손바닥에 그 정도의 힘은 실리지 않았다.

"이 바보가!"

"바보라니 무슨 소리야!"

"당신이랑 살고 싶어서 결혼한 거잖아. 당신과 나 사이의 아이를 낳고 싶으니까 불임 치료도 노력했어. 게다가."

"육아도 거의 안 하는 주제에!"

나는 옆에 있던 종이 기저귀를 집어 던졌다. 종이 기저귀는 하늘을 날아 마룻바닥에 하늘하늘 내려앉았다.

"밤에 분유 주는 건 당신 담당이었잖아? 그것도 어느새 안 하고, 어머니가 오면 응석받이 아들이 되어서 흐물거리기나 하고. 레나의 아빠인 히로키는 어디 있는데? 내 병이 어떤지 신경도 안 쓰여? 내가 클리닉에서 어떤 이야기를 하고, 지금 어떤 마음인지, 당신은 전혀 묻지도 않잖아."

말하면서 눈물이 흘렀다.

"······미안해."

"나한테 흥미가 없다면 됐어."

"정말 미안해······."

이래서야 어린애 싸움이다.

눈물이 레나의 뺨에 툭 떨어져 턱 쪽으로 흘러갔다. 레나가 놀라서 눈을 깜박였다. 손에 쥔 거즈로 레나의 턱에 떨어진 눈물을 닦았다. 히로키와의 관계를 망가뜨리고 싶은 게 아니다. 하지만 어느새 우리의 마음은 멀리 떨어지고 말았다. 다만 그 이상으로 나와 어머니 중 누가 더 소중하냐고 묻고 싶은 지금의 내가 싫었다. 냉정하게 생각하면, 히로키의 일이 지금 바쁜 걸 잘 알고, 내 병 상태를 자세하게 물을 마음의 여유가 없는 것도 안다. 하지만 그래도 나를 봐주길 원했다. 지금 나를 봐주지 않으면 나는······.

"오늘은 지쳤어. 레나 목욕 좀 시켜줄래? 나는 그만 침대에 누워서 푹 자고 싶어······."

내 말을 듣고 히로키는 묵묵히 고개를 끄덕였다. 세수만 하고 이를 닦은 뒤 침실에 들어가 침대에 누웠으나 아무리 기다려도 잠이 오지 않았다. 그래도 드문드문 잔 것 같은데, 밤이 깊어졌을 때 레나의 울음소리를 듣고 깼다. 아무리 시간이 흘러도 레나가 울음을 그치지 않았다. 울음소리 사이 사이 히로키의 목소리가 들렸다. 누군가와 스마트폰으로 길게 통화하는 것 같았다. 이런 시간까지 일이라니, 나는 반쯤 어이없어하며 거실에 가서 히로키의 손에서 레나를 안아 들고 침실로 데려왔다. 레나를 품에 안고 등을 톡톡 다정하게 두드렸다. 그러면서 얼마간 잠든 것 같았다.

한밤중에 인기척을 느껴 깨자, 침실 문이 열렸다. 복도 조명등이 히로키의 등을 비춰서 표정은 보이지 않았다. 실루엣만 보였다.

"……지금 당신은 아마 이해하기 어렵겠지만, 나는 당신이랑 레나가 세상에서 제일 소중해. 우리의 삶이 사라지는 거, 나는 생각하기도 싫어. 이것만은 알아줄래?"

"……응."

"육아, 입으로만 한다고 해서 미안해. 할 수 있는 일은 뭐든지 할 테니까."

졸린 탓인지 조금 전에는 순순히 들을 수 없었던 히로키의 말이 건조한 마음에 스며드는 기분이었다.

"……응, 알았어. 저기, 나도 여러모로 미안해……."

"당신이 사과할 거 없어. 오늘은 푹 쉬어. 나는 여기에서 잘 테니까."

"고마워……."

레나의 차분한 숨소리가 들렸다. 그 소리를 들었더니 다시 잠이 몰려왔다. 일하느라 지쳤을 텐데 소파에서 자게 해서 미안하다고 생각하며, 나도 레나와 함께 깊이 잠들었던 것 같다.

다음 날 아침, 일찌감치 현관 초인종 소리가 나서 잠에서 깼다. 허둥지둥 거실로 가자, 히로키가 인터폰으로 누군가와 대화하는 중이었다. 어머니가 크게 외치는 목소리가 들렸다.

"부탁이다! 미나에게 사과하게 해주렴! 문 좀 열어줘!"

솔직히 말해서 목소리를 듣기만 해도 관자놀이가 지끈지끈 아팠다.

어떻게 할래, 라는 표정으로 히로키가 나를 불안하게 바라보았다. 어머니 얼굴은 보기도 싫지만, 집에 들이지 않으면 어머니가 맨션 현관홀에 영원히 있을 것 같았다.

"잠깐이라면……."

히로키가 알았다고 고개를 끄덕이고 문을 열었다. 나는 불안한 마음으로 레나를 품에 안았다. 어제 그런 소리를 한 사람과 대체 어떤 표정으로 만나라는 거야.

히로키가 현관문을 열자, 어머니가 발소리를 내며 거실로 왔다. 늘 그렇듯이 손에는 빵빵하게 부푼 장바구니가 있다. 어머니는 아무 말 없이 식탁 위에 찬합을 꺼냈다. 뚜껑을 열자, 거기에는 히로키가 좋아하는 것이 아니라 내가 어머니의 요리 중에 맛있다고 하면서 먹은 것(팥밥이나 닭튀김이나 전갱이 난반즈케*)이 가득 들어 있었다.

어제 그런 일이 있었는데 이른 아침부터 요리를 이렇게 몇 개나 만들다니, 시어머니의 넘치는 파워에 역시 현기증이 났다.

어머니가 갑자기 나를 향해 고개를 푹 숙였다.

"미나, 미안하다! 어제 그런 소리를 해서 정말 미안해!"

"네?"

어제와 전혀 다른 모습에 솔직히 어리둥절했다.

"너무 심한 소리를 했다고, 어젯밤에 히로키에게 혼나서…… 네가 힘들 때인데……. 히로키에게도 미안하다……. 네 소중한 아내에게."

"그래요. 어제도 말씀드렸지만 미나한테 심한 말을 하면

---

* 고기나 생선을 튀기고 단맛 나는 식초를 끼얹은 요리.

앞으로 다시는 레나를 만나지 못하게 할 거예요."

"히로키! 잠깐만!" 하고 외치며 히로키를 봤다. 히로키가 눈짓했다. 아니, 그렇게까지 말하다니, 갑자기 어머니가 너무 불쌍했다. 히로키가 내 품에서 레나를 데려갔다.

"진심이에요! 몇 번이나 말하지만, 나에게 제일 소중한 사람은."

그 말에 어머니가 엉엉 울기 시작해서 놀랐다.

"히로키, 외동아들인데 너한테 그런 말을 들으면…… 레나를 만나지 못한다니……. 네 아버지도 돌아가셔서 혼자 외로운데……."

"어머니, 그만하세요. 걱정을 끼쳐서 죄송해요. 그래도 제 병은 조금씩 나아지고 있으니까요. 안심하세요."

어머니가 고개를 들었다. 어머니의 얼굴이 눈물로 흠뻑 젖었다. 그 얼굴이 레나와도 어딘지 닮은 것 같았다. 사실은, 진심으로는, 솔직히 말하면 내 마음에는 여전히 응어리가 있다. 어머니 역시 순수하게 진심에서 우러난 속마음은 아닐 테고, 나도 어제 들은 말을 진심으로 용서하지 않았다. 그래도 어쩔 수 없다. 이 사람은 이제 내 가족이다. 레나의 할머니다. 언젠가는 좋아하게 되리라는 예감이 지금은 전혀 들지 않지만, 적당한 거리를 두며 어울릴 수밖에 없다.

그날 어머니는 속이 풀릴 때까지 사과하자 말수가 줄어들었다. 그래도 평소처럼 어머니가 만들어준 밥을 다 같이 먹었다.

"맛있어요."

어머니의 전갱이 난반즈케는 정말 맛있다. 어머니는 역시 불편하지만, 다른 사람이 만들어준 음식을 진심으로 맛있다고 생각할 정도로는 마음을 회복했는지도 모른다.

울어서 눈이 부은 어머니가 아주 기쁜 표정으로 나를 봤다. 어머니의 요리가 맛있다고 한 적도 별로 없었지. 앞으로는 어머니에게 자주 말해야겠다고 결심했다. 시종일관 조용했던 어머니가 밥을 같이 먹기만 하고 돌아갔다.

저녁 장을 보기 전 오후에 히로키와 레나와 함께 '찻집 준'에 들렀다. 일요일 가게에는 여전히 사람이 많아서 준 씨가 바쁘게 안을 돌아다녔다. 칸막이 자리에 앉자, 히로키가 레나를 안아주었다. 아르바이트생인 미오 씨가 우리 자리를 지나갈 때마다 레나를 보고 말을 걸었다. 미오 씨가 고안했다는 초콜릿 파르페를 히로키와 반씩 먹기로 했다.

"히로키 당신도 큰일이네. 어머니의 소중한 아들이고 나에게는 소중한 남편이고 레나에게는 소중한 아빠이고······ 어머니한테 하기 싫은 말까지 하고."

히로키가 일부러 시선을 피해 엉뚱한 방향을 봤다.

"무, 무슨 소리야? 내가 말한 건 전부 진심이었거든? 당신도 어머니한테 너무 신경 쓸 것 없어."

"음, 무슨 소린지 모르겠네……. 그래도 히로키, 고마워. 기뻤어."

"고맙다고 할 건 나지. 어머니한테 그런 말을 들었는데 어머니가 만든 요리, 무리해서 먹어주고."

히로키가 말하는데, 무릎에 앉은 레나가 침 범벅이 된 주먹을 내밀었다.

"아이고, 축축해진 거 봐"라며 히로키가 거즈로 레나의 작은 주먹을 닦았다. 미오 씨가 초콜릿 파르페를 테이블로 가지고 왔다.

"이 틈에 얼른 파르페 먹어. 아이스크림이 녹겠어."

나는 긴 스푼으로 초콜릿 소스를 얹은 바닐라 아이스크림을 먹었다. 굳이 말하지 않았지만 역시 나는 괜찮은 사람과 결혼한 것 같다. 입에 퍼지는 단맛을 느끼며 생각했다.

'찻집 준'에서 나와, 마트에서 장을 보고 돌아왔다.

시간이 흘러 달력 그림도 바뀌었다. 지금은 고흐의 '도비니의 정원'이 벽을 장식한다. 문득 생각했다. 이브는 여전히 낙원에 있을까. 사오리 선생님과 상담을 시작한 이후로 차츰 모리스가 꿈에 나오지 않았다. 일상은 어수선하더라도, 진심으로는 좋아할 수 없는 사람이 있어도, 역시 나에게 낙원은 이 집이다. 나도 모르는 사이에 "레나, 레나, 어쩜 이리 귀엽니?"라는 말이 자연스럽게 입에서 나오기 시작했다. 거짓말로 그러는 게 아니다. 내 진짜, 순수한 본심이다.

레나를 안고, 가슴 한가득 레나 냄새를 맡았다. 마치 양지바른 마루에 말린 포근포근한 이불 같은 레나의 냄새가 곁에 있으면 나는 분명 괜찮다. 내일은 용기를 내서 레나와 함께 공원에 가볼까. 이런 생각이 들 정도로 내가 회복된 사실이 기뻤다.

밤의 카페테라스

"이제 증상이 많이 안정되었어요. 앞으로 약을 조금씩 줄여가도록 해볼까요."

내 말을 듣고 오늘의 마지막 환자 구라하시 씨의 뺨이 은은한 복숭앗빛으로 물들었다. 옆에 앉은 남편과 얼굴을 마주 보더니, 둘은 고개를 살짝 끄덕였다.

구라하시 씨는 모친의 타계를 계기로 우울증이 생겼고, 상당히 오랜 기간 약물 복용과 상담을 이어왔다. 여기 처음 왔을 때는 내 얼굴을 보자마자 "지금 당장 죽고 싶어요"라고 말했던 그녀인데, 긴 세월에 걸쳐 얇은 막을 벗기는 것처럼 증상이 개선되었다. 구라하시 씨뿐 아니라 포기하지 않고 우리 클리닉에 오는 환자에게는 늘 고개를 숙이게 된다. 또 구라하시 씨의 남편처럼 소중한 사람 곁을 지키며 마음의 병을 함께 극복하는 사람들에게도.

"그럼 다음 달에 보지요."

내가 말하자, 두 사람이 인사하고 나갔다. 둘의 뒷모습을 배웅하고 차트를 정리했다. 시계를 보자, 벌써 저녁 8시가 지난 시각이었다. 현관에서 사오리가 두 사람을 배웅하는 목소리가 들렸다. 복도를 걷는 소리가 들리고, 사오리가 진찰실로 들어왔다. 손에 든 쟁반 위에 찻잔이 두 개 있었다. 따뜻한 차에서 김이 났다.

"오늘도 수고했어." 사오리가 말하며 내 앞에 찻잔을 놨다.

"수고했어." 나도 말하는데, 사오리의 배에서 꼬르륵 소리가 났다.

"오늘은 벌써 늦었으니까 내가 파스타라도 만들까." 내가 웃으며 말하자 "신난다"라며 사오리가 부드럽게 웃어주었다.

그 얼굴을 보며 사람 마음이 회복된다는 것이 얼마나 신비로운지 생각했다. 그때는 이런 날이 온다고는 상상도 못 했다. 매일 캄캄한 터널에서 사오리의 손을 잡고 헤매는 것만 같았다.

많은 환자를 지켜봐도 인생을 살다 보면 그런 컴컴한 곳을 지날 수밖에 없는 시기가 있다. 그래도 어딘가에는 빛이 있으리라. 젊었던 나와 사오리는 오로지 그렇게 믿고 그 암울한 나날을 지내왔다.

'잘 먹는 사람이네.' 이것이 첫인상이었다.

저렴하지만 양이 유난히 많고 기름진 메뉴만 있는 학생 식당에서 늘 혼자 밥을 먹었다. 몸은 아주 말랐고 가느다란데, 어디에 저런 위장이 들었나 싶을 정도로 엄청난 속도로 접시의 음식을 해치웠다. 접시 옆에는 늘 책을 펼쳐놓았다. 머리카락은 어깨까지 대충 길렀고, 간소한 무지 원피스를 입을 때가 많았다.

혼자 밥을 먹지만 타인을 멀리하는 것은 아니어서, 친구로 보이는 사람이 오면 책을 덮고 자기 옆이나 앞자리를 권했다. 친구와 대화를 시작해도 밥 먹는 속도는 달라지지 않는데, 정신없이 보게 되는 식욕이었다. 아니, 식욕만 대단하다고 보게 되는 것은 아니다. 처음 학생 식당에서 본 그날부터 나는 그녀의 모습을 찾기 시작했다. 그녀의 모습을 볼 수 있었던 날은 하루 내내 행복했고, 만나지 못한 날은 조금 낙담했다.

사랑이라고도 부르지 못할 아련한 감정이었다.

열심히 공부해서 어떻게든 미끄러져 들어가듯이 입학한 대학이지만 공부에는 열의가 생기지 않아서(왜 경상학부 같은 곳에 들어왔는지 후회했다. 그래도 들어올 수 있는 곳이 여기뿐이었다), 취업 활동을 시작할 때까지는 아르바이트해서 최대한 돈을 모으고, 고등학생 때부터 꿈꿨던, 오토바이로 하는 국내 여행을 실현해보자고 입학하자마자 결심했다.

학내에 있는 시간은 최소한으로 하고, 그 이외에는 운송 회사나 이삿짐센터에서 몸을 혹사하는 아르바이트를 했다. 운 좋게 본가가 도쿄 서쪽 외곽에 있어서 집에서 대학에 다녔다. 그다지 유복하진 않았기에 아르바이트 월급 일부를 학비와 생활비에 보태라고 어머니에게 드렸고, 남은 월급을 모아 중고 오프로드 오토바이를 사고 여름방학 전에 면허를 땄다.

금세 긴 방학이 시작되었고, 나는 아르바이트를 하며 처음 목표했던 대로 일본 여기저기를 여행하는 계획을 세웠다. 내 방 벽에 일본 지도를 붙인 뒤, 눈을 감고 핀을 꽂았다. 거기에 갔다. 대부분 딱히 명소랄 것도 없는 한적한 지방 도시로, 뭐 하러 이런 곳에 굳이 오나 싶은 곳이 많았다.

여행비를 절약하려고 호텔이나 여관에 묵지 않고 텐트와

침낭으로 버텼다. 해안이나 잡목림이 있으면 거기에서 잤고, 아무것도 없으면 이제 쓰지 않는 역 건물이나 버스 정류장에서 잔 적도 있다. 그래도 그런 하루하루가 벅차도록 즐거웠다. 해변의 한적한 식당에서 갓 잡은 생선회를 먹다가 몸을 비비 꼴 정도로 맛있었을 때, 행복했다. 그때는 아직 그런 행복을 말할 수 있는 사람이 없는 쓸쓸함을 알지 못했다.

혼자 자는 텐트를 빗줄기가 세차게 때릴 때면 그 소리가 아름답게 들렸다. 신기하게도 그럴 때 문득 학생 식당을 떠올리곤 했다. 그 여자. 그녀라면 이런 여행을 재미있게 여길 것 같다. 어제 먹은 전갱이 회를 그녀에게도 먹여주고 싶었다. 어떤 표정을 지을까. 그런 생각이 든 건 태어나서 처음이었다.

"맨날 여행만 다니고!" 어머니에게 잔소리를 들으면서도 내 여행은 이어졌다.

세토 내해를 여행할 때였다. 그때 나는 배를 타고 작은 섬들을 돌았다. 뱃삯이 비싸서 속으로 투덜거리며 허전해진 지갑의 잔돈을 셌다. 갑자기 천 엔 지폐가 내 손에서 도망쳤다. 나는 돈을 쫓아서 갑판 위를 달렸다. 천 엔 지폐가 바닥을 미끄러지고 바닷바람을 맞아 사람들 다리 사이를 빠져나갔다. 아아, 미치겠네! 그렇게 생각한 순간, 새빨간 고무 슬리퍼가 천 엔 지폐를 밟았다. 복숭아뼈의 작은 돌기, 반질반질 둥근 발뒤꿈치. 발톱에는 아무것도 바르지 않았다. 잔꽃무늬 치마와 소매 없는 하얀 셔츠. 그녀였다.

"아." 그녀의 얼굴을 보고 반응한 것은 나뿐으로, 그녀는 몸을 숙여 고무 슬리퍼 아래의 천 엔 지폐를 집어 무표정으로 내게 내밀었다.

"고맙…… 습니다." 말은 했는데, 그녀는 나를 같은 대학 사람이라고 인식하지 못한 것 같았다. 그거야 당연한가. 그녀는 가볍게 고개를 까딱였을 뿐이었다. 내게 천 엔 지폐를 건네더니 이제 용건은 끝났다는 듯이 똑바로 앞을 봤다. 그녀는 학생 식당에서 봤을 때보다 머리가 자랐는데, 대충 하나로 묶고 있었다. 마른 것은 변함없었다.

"같은 대학에 다니는데요……." 이 말 한마디를 못 한 채로 배가 작은 항구에 도착했다. 그녀는 작은 가방 하나만 들었는데, 복장으로 보아 여행자는 아닌 것 같았다. 이 섬 출신일까. 도착한 곳은 오토바이를 타고 금방 한 바퀴를 돌 수 있는 작은 섬이었다. 이 섬에 있는 한, 운이 좋으면 그녀와 한 번 더 만날 수 있을 것이다.

나는 오토바이에 올라타 엔진을 회전시키며 그녀를 추월했다. 적당한 해변에 텐트를 치고 촌에서 공공 경영하는 목욕탕에 갔다. 시간에 구애받지 않고 도회지에서는 볼 수 없을 장엄한 석양을 구경하고, 근처 식당에서 저녁을 먹기로 했다. 오늘의 정식을 시키고 밥을 많이 달라고 했다. 식당에 나 이외에 손님은 없었다. 그런데 식당 안쪽에서 빨간 앞치마를 두른 여자의 작은 뒷모습을 발견했다. 나는 내심 웃었다. 여기에서 봐도, 뒷모습만 봐도 알 수 있다. 사발에 담긴 밥을 쓸어 넣듯이 먹고 있다. 벌써 만났네. 벌써 발견했다. 만날 것 같다고 생각한 게 겨우 몇 시간 전이다. 정말 그렇게 됐다. 이 섬이 얼마나 작은지 증명한 셈일 뿐이다. 그래도 그때 나는, 그녀와 내가 도쿄에서 이렇게 먼 작은 섬의 작은 식당에서 재회한 것이 실로 운명의 인도라고 생각했다. 나는 일어나 그녀의 식탁으로 다가갔다. 가볍게 어깨를 두드렸다. 그녀가 의아한 표정으로 돌아보았다. 나는 망설였지만, 용기를 내 대학 이름을 댔다. 학생 식당에서 때때로 봤다고도.

"어, 말도 안 돼!" 당황한 표정으로 웃으며 말하는 그녀의 입가에 하얀 밥알이 하나 붙어 있었다.

사오리와 제대로 대화를 나눈 것은 섬에서 돌아온 뒤였다. "도쿄에 돌아가면 밥 같이 먹자." 우리는 사오리의 본가인 그 식당 식탁에서 약속했다. 그때까지 여자와 제대로 사귄 적도 없었기에 그 말을 할 때 몸이 떨렸다. 사오리는 내가 말한 9월의 적당한 날짜와 시간, 만나는 장소인 도서관, 그리고 내 이름을 매직으로 손등에 적었다. 그때 사오리 표정은 무서워서 보지 못했다.

여름방학이 끝나고 그날이 가까워지자 긴장하기 시작했다. 그렇게 대충 한 약속이니 오지 않을 거라고, 왠지 막연히 생각했다. 그런데 사오리가 왔다. 도서관 앞에서 기다리는데, 볕에 잘 탄 사오리가 무거워 보이는 종이 가방을 손에 들고 이쪽으로 왔다.

"이거 진짜 맛있어."

종이 가방 가득 든 말린 생선을 보여주며 사오리가 딱딱한 표정으로 웃었다. 사오리도 긴장했으리라. 그날은 대학 근처의 그리 깨끗하다고 할 수 없는 (게다가 데이트로는 절대로 오지 않을) 가게에서 내가 돈가스를 샀다. 사오리가 먹는 모습은 가까이에서 보면 볼수록 더욱 황홀했다. 양배추 샐러드를 단 하나도 남기지 않았다. 그날부터 내 아르바이트 월급은 여행 경비에 더해 사오리에게 뭔가 사주기 위한 것도 되었다.

사오리는 문학부에서 국문학을 전공했다. 그녀 곁에는 늘 책이 있었다. 잘 먹고, 책을 잘 읽고, 또 잘 자는 사람이었다. 영화를 보러 가도, 전철을 타도, 눈을 감으면 금방 잠들었다. 만나기 시작했을 때는 그녀가 학비를 벌려고 빵 공장에서 심야 아르바이트를 하는 줄 몰랐으니까 무방비한 모습에 조금 어이없었다. 내가 옆에 앉으면 사오리의 머리가 금방 기울어서 내 어깨에 올라왔다. 정수리의 작은 가마를 보며 나와 사오리가 앞으로 아주 오래오래 함께 있지 않을까, 이런 예감이자 희망 비슷한 것을 느꼈다.

사오리와 언제부터 정식으로 사귀기 시작했는지 정확한 날짜는 모른다. 어느새 나와 사오리는 시간이 허락하는 한 대학에서도, 그 이외의 장소에서도 함께 있었다. 우리 본가에 사오리가 밥을 먹으러 온 적도 여러 번이었고, 나도 이듬해 여름방학에는 사오리의 본가에 놀러 가서 머물렀다.

나와 남동생, 아들만 둘 있는 어머니는 사오리를 딸처럼 귀여워했고, 사오리의 아버지는 식당에 온 손님에게 나를 아들이라고 소개했다. 아주 오래오래 함께 있지 않을까, 이 어렴풋한 예감이 현실이 되려 했다.

그림책과 참고서를 내는 작은 출판사에 입사가 정해진 사오리와 음료 회사에 간신히 입사한 나는 둘의 회사에서 그렇게 멀지 않은 좁은 연립에서 같이 살기 시작했다. 아무리 시간이 지나도 음료 회사의 영업 일에는 익숙해지지 않았지만, 나와 사오리의 생활은 늘 순조로웠다고 할 수 있다. 큰 충돌이나 다툼도 없었다. 주말이면 사오리와 함께 좁은 부엌에 서서 대량으로 요리를 만들고 맥주를 마시며 먹었다. 우리는 둘이 살기 시작하고 2년째의 여름이 끝났을 때 결혼했고, 사오리의 고향 섬의 작은 신사에서 조촐하게 식을 올려 정식으로 부부가 되었다.

그로부터 1년 후에 사오리가 임신한 것은 우리에게 조금 예상외의 사건이었지만, 나는 우리 둘의 아이가 태어난다는 사실이 진심으로 기뻤다. 그러나 사오리는 조금 망설였다. 입사한 지 3년 차, 간신히 회사에서 제구실을 할 수 있게 되었다. 아이를 데리고 똑같이 일할 수 있을까. 그게 사오리가 망설이는 원인이었다.

"그래도 일을 계속할 생각이면 출산 휴가나 육아 휴직을 낸 시간쯤은 얼마든지 만회할 수 있어. 나도 최대한 같이 할 테니까."

그렇게 사오리를 설득했다. 하지만 사오리에게 그런 소리를 한 나도, 내 말을 받아들인 사오리도 너무도 젊었다. 우리 둘 다 임신과 출산에 대해서도, 태어난 아이에게 예상 못했던 일이 생길 줄도 몰랐다. 당연히 건강한 아이가 태어난다, 아이가 태어나면 가족 셋의 원만한 생활이 기다린다고 믿어 의심치 않았다.

임신한 사오리는 지금까지 이상으로 잘 먹었다. 먹어도 체중은 여전히 별로 늘지 않았다. 마른 몸에 배만 불룩 나온 모습은 아무리 봐도 익숙해지지 않았다.

"우리 아이도 틀림없이 많이 먹는 아이일 거야."

사오리는 그렇게 말하며 배를 쓰다듬었다. 임신 중에도 출산할 때도 문제는 없었다. 때가 되자 사오리는 딸을 낳았다. 태어난 아이를 가만히 안았는데, 마치 맑은 눈처럼 연약했다. 갓난아기는 얼굴이 새빨갛다고 생각했는데, 우리 딸은 얼굴빛이 투명할 정도로 하얬다. 역시 문제가 발견되었다. 곧바로 정밀 검사에 들어갔다.

"심장에 심각한 질환이 있습니다. 바로 수술하지 않으면⋯⋯."

담당 의사의 말을 끝까지 듣기 두려웠다. 그때 우리가 의사에게 무슨 말을 할 수 있었을까. 수술 동의서에 서명하는 내 손이 희미하게 떨렸던 것만은 기억한다.

"괜찮아. 분명히 좋아질 거야."

사오리에게 이렇게 말할 수밖에 없었다.

다섯 시간에 걸친 대수술. 사오리는 병실 침대에 누워, 나는 수술실 밖 긴 복도의 플라스틱 의자에 앉아 그저 시간을 보냈다. 수술을 마친 의사가 피로가 역력한 얼굴로 내게 말했다.

"이걸로 끝이 아닙니다. 성장하기를 기다려서 또 몇 번쯤 수술해야 해요."

그 말을 침대에 누운 사오리에게 어떻게 전하면 좋을까? 고민하며 병실로 가서 사오리의 침대로 다가갔는데, 사오리는 누운 채 침대 옆에 놓인 아기용 투명 간이침대를 보고 있었다. 펜과 종이를 들고 있다. 나는 의사에게 들은 말을 있는 그대로 전했다. 사오리는 그 말에는 대답하지 않고, "이름을 생각해야지"라며 억지로 미소를 지었다. 아기에게는 아직 이름이 없었다. 사오리가 종이를 내밀었다. 이름이 몇 개쯤 적혀 있었다. '아마네'. 나는 그 이름을 가리켰다. 우리 딸에게 딱 어울리는 이름 같았다. 사오리가 웃었다.

"응. 나도 그 이름이 제일 좋을 것 같았어."

아마네는 수술 후 NICU(신생아 특정 집중 치료실)에서 머물렀다. 사오리가 퇴원한 뒤에도 우리는 아마네를 만나러 병원에 갔다. 가슴 주변을 덮은 새하얀 거즈가 아파 보였다. 입원 중인 아마네에게 주려고 사오리는 전용 팩으로 모유를 짰다. 아직 사오리가 안고 모유나 분유를 먹일 순 없지만,

그래도 NICU에 갈 때마다 보육기에 누운 아마네가 조금씩 자라는 것처럼 보였다. 눈을 감고 있었지만 손발을 움직였고, 말을 걸면 우연일지도 모르나 우리 쪽으로 슬쩍 고개를 돌렸다. 아주 짧은 시간이라도 아마네를 안을 수 있게 된 것은 수술하고 한 달이 지난 무렵이었다.

"태어났을 때보다 무거워졌어."

사오리가 나를 보며 웃었다. 그 미소를 지워 없애려는 것처럼 의사가 다가왔다. 하얀 방에서 사오리와 함께 아마네의 현재 몸 상태를 들었다. 우리 상상 이상으로 아마네의 심장 상태는 좋지 않았다. 아마네의 체력이 회복되기를 기다린 뒤, 앞으로 적어도 두 번은 수술해야 한다는 것이다.

"그래도 수술하면 조금씩 좋아지는 거지."

방에서 나오며 힘없이 말하는 사오리의 손을 잡았다. 피가 전혀 통하지 않는 것처럼 차가웠다. 병원에서 돌아올 때면 매번 그 옆의 작은 신사에 가서 합장했다. 신이든 부처든 뭐든 좋았다. 수상쩍은 종교는 질색이지만 의지할 수 있는 것에는 기대고 싶었다.

아마네는 생후 3개월이 되어서야 간신히 집에 왔다. 한 달 후에 다시 수술해야 하니까 우리 세 가족의 생활은 정신없이 흘러갈 것이다. 그래도 나와 사오리에게는 충분했다. 지금까지 접촉하지 못했던 만큼을 만회하려는 것처럼 사오리는 누워 있는 아마네에게 자기가 만든 그림책을 읽어주었다. 그런데 아마네는 동화책이 아니라 사오리의 얼굴만 봤다. 그 모습이 애틋했다. 아마네를 보며 사오리와 함께 웃을 수 있어서 행복감을 느꼈다. 임신하면서 이사한 작고 오래된 맨션에서 가족 셋이 함께. 아마네가 퇴원하면서 나는 희망을 느끼는 동시에 내가 얼마나 믿음직스럽지 못한지 알았다. 의지할 수 있는 선장이 되어야 하는데, 수평선만 보이는 바다에서 작은 배를 타고 노를 젓는 것 같아 그저 불안하기만 했다.

사오리가 오히려 마음이 단단했다. 심장을 위해서라도 너무 오래 울지 않게 해야 한다는 지시를 들었으니까 아마네가 밤에 칭얼거리면 사오리는 아마네를 안고 소파에 앉아 계속 그 작은 몸을 흔들었다. 내가 아무리 늦은 밤에 일어나도 그랬다.

"자도 돼. 당신은 내일도 회사에 가야 하잖아."

그 말에 기대기만 했다. 이 가족의 선장인 내가 지금 할 수 있는 일은 세 가족의 생활비를 벌어 오는 것이다. 그렇게 되뇌며 침대에 누웠다. 얕은 잠 속에서 사오리의 자장가가 들리는 것 같았다.

생후 4개월의 수술이 무사히 끝났다. 수술 후 NICU에 들어갔다가 아주 잠깐 집에 돌아오고, 생후 9개월에 다시 수술했다. 이걸로 끝이라고 생각하자 감개무량했다. 이제 이 작은 몸에 메스를 댈 일도 없다. 그러나 아마네의 작은 심장은 수술 중에 움직임을 멈췄다. 차분하게 숨을 불어 넣었던 종이풍선을 누가 손으로 찌부러뜨린 기분이었다.

슬픔이라는 말로는 표현하지 못할 감정이 나와 사오리를 꽁꽁 묶었다.

아마네가 떠난 뒤, 병원에서 나와 장례식장에서 진행한 일을 전부 내가 중심이 되어 했을 텐데, 지금도 거의 기억하지 못한다. 그저 소리도 못 내고 조용히 눈물을 흘리는 사오리의 몸을 받쳐줄 수밖에 없었다.

장례식을 마친 뒤, 사오리는 침대에 누웠으나 거의 잠을 이루지 못했다. 그렇게 잘 먹던 사오리가 거의 먹지 않았다. 내 얼굴을 보면 "임신 사실을 알고 내가 순간적으로 후회했으니까" "임신 중에 일하느라 무리했으니까" "임신 전에 먹었던 약이 안 좋았을지도 몰라"라고 자책하는 말만 했다.

"당신 책임이 아니야. 아마네가 우연히 그런 심장을 가지고 태어난 거니까"라고 말해도 사오리는 받아들이지 않았다. 본심을 말하면 나도 그랬다. 왜 그게 아마네여야만 하는가, 우리 딸이어야 할 필요가 있었나, 나는 도무지 납득할 수 없었다.

어느 날 밤, 퇴근했는데 침대에 있어야 할 사오리가 보이지 않았다. 한 시간쯤 동네를 찾아다니다가 경찰에 연락하는 게 좋겠다고 생각했을 때, 육교 위에 있는 사오리를 발견했다. 난간에 기대 그 아래로 지나가는 차를 그저 보고 있었다. 지금 말을 걸면 뛰어내릴지도 모른다고 생각하자 공포라는 감정이 목덜미를 스르륵 어루만졌다. 천천히 계단을 올라가서 사오리에게 다가가 작은 등에 가만히 손을 댔다. 난간을 움켜쥔 손가락을 천천히 놓게 했다. 사오리는 맨발이었다. 나는 사오리를 품에 안았다. 사오리는 동물처럼 나직하게 신음하며 토할 듯이 울었다.

"잠을 조금이라도 잘 수 있게 병원에 가자."

사오리는 내 말에 고개를 끄덕이지 않았으나, 전문가의 손을 빌리지 않으면 사오리가 어떻게 될 것 같아서 두려웠다. 다음 날, 나는 회사를 쉬고 사오리를 데리고 역 앞 심료내과에 갔다. 오랫동안 기다린 끝에 간단한 문진을 한 뒤 "우울증이군요"라는 말과 함께 대량의 약을 처방받았다. 사오리는 그 약을 먹고 온종일 깊이 잠들었다. 그 모습에도 불안해서 병원을 바꿔보았으나, 어느 병원이나 똑같았다. 뭐가 정확한 진단이고 올바른 치료인지 나는 몰랐다. 사오리를 내내 침대에 눕혀두기도 불안해서, 회사에서 가까운 우리 할머니 집으로 이사했다. 할머니는 오래된 목조 이층집에서 혼자 사셨다. 아직 몸도 건강하셨다. 우리는 할머니를 의지했다. "다 먹지 않아도 되니까 조금씩 먹어"라며 식사를 만들어주셔서 감사했다.

회사와 집을 왕복하면서 내 마음에 조금씩 어떤 상념이 차올랐다. 사오리는 앞으로 약을 먹고 계속 자면서 그저 나이를 먹는 것일까. 지금 당장 예전 같은 사오리를 되찾길 원하는 것은 아니다. 시간이 걸려도 좋으니 사오리가 자기 인생을 다시 걸었으면 좋겠다. 지금 심료내과의 치료는 과연 그걸 위한 것일까. 마음에 물음표만 가득했다. 사오리처럼 마음에 상처를 안은 사람들을 치료할 방법이 약 처방만은 아니리라. 나는 그걸 알고 싶었다.

"의사가 될 생각이야. 정신과 의사."

내가 결심했을 때, 양가 부모님에게 "인제 와서 무슨 바보 같은 소리냐"라는 이야기를 들었다. 그러나 끝이 보이지 않는 암흑 속에 계속 머물러야 하는 이 상황을 어떻게든 타개

하고 싶었다. 의사가 되고 싶다. 의사가 되어서 사오리를 받쳐주고 싶다. 내 단단한 의지를 이해해준 사람은 같이 사는 할머니였다.

"네가 그렇게 말한다면 그럴 필요가 있다는 소리지. 마음을 정했다면 일찍 시작하는 게 좋겠구나."

그러더니 학비를 빌려주겠다고 하셨다.

의학부에 학사 입학하기로 했을 때, 나는 이미 스물일곱 살이었다. 입학해도 의사 면허를 딸 때까지 최소 4년 반, 의사로서 기본을 익히는 초기 연수가 2년, 전문의가 되기 위한 경험을 쌓는 후기 연수가 3, 4년이다. 그래도 삼십대를 공부에 투자하면 사십대에 정신과 의사가 될 수 있다. 나는 늦지 않았다고 생각했다. 마음을 정한 날부터 일을 그만두고, 숨 쉬는 모든 시간을 공부에 바쳤다.

사오리에게 정신과 의사가 되겠다고 하자, 잠깐 생각하더니 "당신이라면 할 수 있을 거야……. 준 선생님의 치료라면 받아보고 싶어"라고 말했다. 나는 한 번 재수했지만 간신히 의학부에 들어갈 수 있었다. 학교에 가 있는 동안에는 할머니가 사오리를 돌봤는데, 어떻게든 시간을 낼 수 있으면 사오리와 함께 병원에 갔다.

직원 수가 적거나 환자 수가 많거나, 이유는 다양하겠지만 사무적인 대화를 나누고 약만 처방하는 의사에게 역시 화가 났다. 장래 (언제가 될지는 모르나) 만약 내가 클리닉을 열면, 절대 그런 곳으로 만들기 싫었다.

공부는 쉽지 않았다. 수면 시간을 줄여 공부 시간을 확보했다. 공부를 계속하면서 정말 의사가 될 수 있겠느냐고 몇 번이고 내 마음에 대고 물었다. 사람의 마음을 치유하는 엄청난 일을 내가 할 수 있을까. 불안한 내 마음을 붙들어준 사람도 사오리였다. 사오리는 침대에서 일어나 할머니와 함께 간단한 집안일을 하기 시작했다. 낮은 안 되지만 해가 저문 뒤라면 할머니와 함께 장도 보러 갈 수 있었다. 사오리가 다니는 클리닉에는 여러모로 불평하고 싶은 점이 많았지만, 사오리의 이런 행동은 역시 처방받은 약이 듣기 시작했다는 증거이기도 했다.

어느 날 밤이었다. 편의점에 다녀오겠다고 한 내게 사오리가 "나도 같이 갈래"라고 말했다. 아직 장마철까지 조금 남아서 상쾌한 밤이었다. 나와 사오리는 손을 잡고 걸었다. 멀리서 아이가 엉엉 우는 소리와 그 아이를 혼내는 엄마인 듯한 사람의 목소리가 들렸다. 유아차를 끄는 젊은 엄마와 두 살이 될까 말까 한 어린아이였다. 아이가 유아차를 안 타고 걷겠다고, 어리지만 의사 표현을 했다. 엄마는 그 점에

화를 냈다.

"빨리 타! 여기 안 타면 저녁밥 안 줄 거야!"

저녁을 먹기에는 이미 조금 늦은 시간이었다. 그들에게 어떤 이유가 있었을지도 모른다. 일 때문에 늦게까지 어린이집에 맡겨야 했을 수도 있다. 나는 '아마네가 건강하게 살았다면 저런 일도 있었을지 모르겠네'라고 생각하며 걸었다. 그때 사오리와 맞잡은 손에 묵직한 무게를 느꼈다. 사오리가 바닥에 주저앉았다. 나도 허리를 낮췄다. 계속 우는 아이를 어떻게든 유아차에 태운 엄마가 그 옆을 바쁘게 지나갔다. 아이는 여전히 큰 소리로 울고 있었다.

"왜 그래? 사오리, 괜찮아?"

이번에는 사오리가 저 아이처럼 울기 시작했다.

"저렇게 어린아이를 왜 큰 소리로 혼내지? 살아 있는 것만으로도 충분하잖아."

사오리가 흐느끼며 말했다. 나는 이렇게 대답했다.

"저 엄마에게도 사정이 있을 거야. 온종일 아이와 있어서 지쳤거나, 어쩌면 일 때문에 지쳤을지도 몰라."

"하지만 살아 있는 아이를 어떻게 저런 태도로 대할 수 있는지 나는 도무지 모르겠어."

그렇게 말하며 울부짖었다. 지나가는 사람들의 흥미를 끄는 대상은 아까 그 엄마와 아이가 아니라 사오리였다. 나는 사오리의 등을 쓸며 "집에 가자" 하고 재촉했다.

혼나던 아이와 생전 아마네는 나이가 다르다. 그래도 아마네를 잃은 체험이 딱지 떨어진 것처럼 되살아났는지도 모른다. 쪼그려 앉아 우는 사오리의 손을 억지로 끌어당기고 싶지 않았다. 사오리가 진정할 때까지 여기에서 기다리자. 나는 바닥에 앉았다. 사람 시선 따위 아무래도 좋았다.

잠시 그러고 있는데, 눈앞의 닫혀 있던 찻집 문이 천천히 열렸다.

"저기……." 나와 나이가 비슷해 보이고 머리가 짧은 여성이 고개를 내밀었다.

"……아, 네."

"괜찮으시면 안에서 잠깐 쉬시겠어요? 거기 앉아 계시면 몸도 차가워지니까……."

나는 가늘게 내린 비가 지면을 적신 것도 알아차리지 못했다.

"괜찮을까요?"

"아무도 없으니까 편하게 들어오세요."

여성의 호의를 받아들여 사오리를 거의 끌어안고 안으로 들어갔다. 카운터와 의자, 소파에 하얀 천이 뒤덮여 있었다.

여성이 천 하나를 벗겨, 아래에서 나타난 소파를 가리켰다.

"여기 잠깐 누우시겠어요?"

"죄송합니다……." 사과하며, 여전히 희미하게 흐느끼는 사오리를 소파에 눕혔다. 나도 그 옆에 앉았다. 유심히 살필 생각은 없었는데 가게를 둘러보게 되었다. 내 시선을 알아차렸는지 여성이 말했다.

"아버지가 하시던 찻집이에요. 아버지가 돌아가신 후로 손대지 않아서……."

그러면서 살포시 웃었다. 막 세탁했는지 섬유 유연제 향이 나는 수건을 내게 건넸다.

"그랬군요……. 수건, 고맙습니다."

나는 대답하며 사오리를 살폈다. 사오리는 눈을 감고 있었으나 잠들지는 않았다. 살짝 젖은 사오리의 머리와 얼굴을 수건으로 닦았다. 사오리는 마음이 서서히 진정되기를 기다리는 것 같았다. 여성이 말했다.

"저기…… 종종 할머님과 함께 다니셨죠?"

"……네." 사오리가 조금 놀라서 대답했다.

"저는 온종일 창문으로 밖을 지나는 사람들을 보니까요……."

그녀가 말하며 우리 둘에게 물을 내주었다. 사오리도 몸을 일으켜 물을 맛있게 마셨다. 여성은 카운터 자리에 앉았다.

안쪽의 누레진 벽에 포스터가 담긴 액자가 걸려 있었는데, 고흐의 '밤의 카페테라스'라는 그림으로 보였다. 고흐가 처음으로 밤하늘을 모티브로 삼아 그린 작품 아니었던가. 별이 빛나는 파란 밤하늘과 카페테라스 내부를 비추는 노란빛의 대비가 몹시도 아름다운 그림이었다.

그 앞에는, 요즘은 잘 보이지 않는 커피 추출용 구식 사이폰이 있었다. 관리하면 쓸 수 있지 않을까. 나도 모르게 물었다.

"저기, 찻집을 다시 열진 않으시려고요?"

"……."

"죄송합니다, 처음 뵌 분에게 괜한 것을 물어서."

"아니요, 괜찮아요. 그렇게 말씀하시는 분이 많아서…… 감사할 뿐이죠."

"저도." 사오리가 입을 열었다. 뜻밖이어서 나와 그녀는 사오리를 봤다.

"저도 산책하며 돌아가다가 여기에서 커피를 마시고 싶어요. 저 그림처럼."

사오리가 고흐의 그림을 가리켰다.

"언젠가 그럴 수 있으면 좋겠다고 생각해요……." 여성이 중얼거리며 시선을 내리깔았다.

사오리가 뭔가 하고 싶다고 자기 입으로 말한 것에 놀랐다.

사오리의 마음은 앞으로 몇 걸음 갔다가 뒤로 물러나면서 회복되는 중인지도 모른다. 그 사실이 진심으로 기뻤다.

정신과 의사로서 후기 연수도 막바지에 다다랐다.

사오리의 증상은 많이 좋아졌다. 여전히 약을 먹지만, 예전처럼 우는 아이를 보고 갑자기 사람들 시선도 개의치 않고 우는 일은 사라졌다. 선배 의사가 소개한 클리닉에 다니기 시작하고 전보다 몸과 마음을 회복한 것 같았다.

사오리는 작년 말, 다니던 회사에서 퇴직했다. 아마네를 떠나보내고 오랫동안 계약 사원으로 적을 두었는데 "계속 이대로는 죄송하니까"라고 했다. 그림책 만드는 일을 좋아했으니까 몇 번이나 "정말 괜찮겠어?" 하고 확인했으나 사오리의 마음은 달라지지 않았다.

"아이들이 읽는 그림책을 보면 아마네가 생각나거든."

어느 날 저녁을 먹을 때 사오리가 조용히 말한 적이 있다.

언뜻 건강해진 것처럼 보여도 여전히 사오리의 마음에는 아마네가 있었다. 그래도 괜찮다고 생각했다. 나도 그랬으니까. 평생 잊을 수 없을 것이다. 나는 그 마음을 품고 사오리와 살아가겠다고 속으로 맹세했다. 슬픔을 억지로 잊지 않아도 된다. 나는 사오리가 어떤 상태든 살아 있어만 주면 좋았다.

다리와 허리가 약해진 할머니를 대신해 이 무렵부터 사오리가 집안일을 거의 도맡기 시작했다. 내가 지친 몸을 이끌고 집에 돌아오면 사오리가 반드시 하는 이야기가 있다. 그 찻집 이야기다. 나는 아무리 지쳤어도 사오리의 이야기를 들었다.

"오늘도 그 찻집, 'close'라는 팻말이 걸려 있었어."

사오리는 한참 전부터 찻집이 다시 열리기를 기다렸다. 할머니에게 그때 그 여성인 준 씨 이야기도 들은 모양이었다.

"준 씨랑 준, 한자만 다르고 이름이 같네."

요리를 담은 접시를 식탁에 놓으며 사오리가 내게 웃어 보였다.

"준 씨는 이혼했는데, 그래서……."

사오리는 거기까지 말하고 입을 다물었다.

그래도 다시 말했다.

"세상에는 어쩔 수 없는 사정이 넘치도록 많다는 거, 그런 사정을 안은 사람이 많다는 거…… 나는 우울증이 생기고서 조금은 알았어."

"응……."

사오리가 한 말은 내가 정신과 의사를 목표로 공부하면서 몇 번이고 생각한 것이었다. 사오리처럼 사람의 마음이 병드는 일은 드물지 않다. 그건 언제든, 누구에게든 일어날 수 있다.

식사를 마치고, 사오리는 밤늦게까지 공부하는 나를 위해 진한 커피를 만들어주었다. 그럴 때도 준 씨 이름을 자주 언급했다. 사오리가 나나 할머니 이외에 다른 사람에게 마음을 써서 기뻤다. 마음이 밖을 향하기 시작했다. 자기 자신에게 상처를 주는 나날에서 조금씩 빠져나오는 것 같았다.

일이 일찍 끝나면 나도 '찻집 준' 앞을 지났다. 사오리의 말처럼 문에는 'close' 팻말이 걸려 있었다. 그래도 언젠가 준 씨가 말했던 "저는 온종일 창문으로 밖을 지나는 사람들을 보니까요……"라는 말이 귓가를 맴돌았다. 어두운 실내에 준 씨 혼자 있지 않을까. 지금도 가게 안에서 나를 보고 있지 않을까. 하지만 지금 준 씨에게는 그것이 필요할지 모른다.

사람은 자기 내면에 들어간 채 밖으로 나오지 못할 때가 있다. 그것도 정신과 의사가 되려고 공부하면서 알았다. 그래도 시기가 오면 사람은 자길 둘러싼 껍데기를 부수고 밖으로 나간다. 준 씨에게도 그런 시기가 분명히 올 것이다. 나와 사오리는 참을성 있게 그때를 기다릴 생각이었다.

그 시기는 의외로 빨리 찾아왔다.

어느 일요일 밤, 사오리와 긴 산책을 하다가 '찻집 준' 앞을 지나갔는데, 불이 켜져 있었다. 사오리가 유리창에 얼굴을 가까이하고 안을 들여다보았다.

"아, 준 씨가 있어."

내가 말릴 새도 없이 사오리가 문을 살짝 두드렸다. 문에는 여전히 'close' 팻말이 걸려 있었다. 잠시 기다리자 문이 열렸다. 앞치마를 걸친 준 씨가 나타났다. 사오리가 말했다.

"얼마 전에, 아니 한참 전이죠……. 저를 여기에서 쉬게 해 주셔서 감사했습니다."

준 씨는 잠깐 생각하는 듯했는데 사오리가 기억났나 보다.

"……아아, 그런 일이 있었죠. 아니에요, 저야말로 아무것도 해드리지 못했죠."

"우리는 바로 이 근처에 살아요. 2번가 끄트머리에……."

내가 집 위치를 설명했다.

"아아, 마당에 큰 목련 나무가 있는 집이죠."

준 씨는 우리 집 위치가 어딘지 알았나 보다.

"네, 거기 맞아요. 저와 아내는 지금 할머니 댁에 사는데요……."

준 씨의 시선이 내가 들고 있던 책으로 내려갔다.

"사실 저는, 나이가 많지만 이제 막 정신과 의사가 되어서
요……."

"어머, 그러세요……. 저기, 시간 있으시면 잠깐 쉬다 가시
겠어요?"

"그래도 괜찮을까요……."

"네, 아직 정리가 안 됐지만 들어오세요……."

나와 사오리는 얼굴을 마주 보고, 가볍게 끄덕이고서 가
게에 발을 들였다.

가게 안에 전에는 나지 않았던 커피 향이 가득했다. 의자
와 소파를 덮었던 천도 전부 치웠다.

"사실은 조만간 가게를 다시 열려고요……. 아, 괜찮다면
커피 드시겠어요?"

"물론이죠." 나는 대답했다.

준 씨의 안내를 받아 우리는 소파에 앉았다. 카운터 너머
에서 보여주는 준 씨의 움직임은 물 흐르는 듯해서 진짜 찻
집에 온 기분이었다. 잠시 후, 준 씨가 우리 앞에 두 개의 커
피 잔을 가만히 내려놓았다.

"드세요……."

기분 탓일까, 목소리가 긴장한 것처럼 들렸다. 우리는 조심조심 커피 잔에 입을 댔다.

"맛있어……." 사오리가 자연스럽게 말했다. 정말로 커피가 향긋하고 맛있었다.

"맛있습니다." 나도 솔직하게 감상을 전했다. 그런데 준 씨의 표정이 잔뜩 일그러졌다.

"아직도 아버지 맛을 따라가지 못하는 것도 화가 나고…… 이 가게를 재개하는 일도 좀처럼 진행 못 하는 저한테도 화가 나서……."

준 씨가 은색 쟁반을 품에 안고 말했다.

"잘되는 일이라곤 하나도 없어요, 제 인생은……."

내가 입을 열려고 했을 때였다. 사오리가 말했다.

"저도 잘되는 일이 없는걸요."

"……." 준 씨가 사오리를 바라보았다. "어, 하지만 이렇게 멋진 남편도 계시고……. 전혀 그렇게 보이지 않아요."

"준 씨, 아, 준 씨 성함은 할머니께 들었어요. 저는요……."

사오리가 가방에서 수첩을 꺼냈다. 페이지에 끼워놓은 오래된 사진을 준 씨에게 내밀었다. 준 씨가 사진을 들여다보았다.

"이 아이는 아마네라고 해요. 여자애예요. 심장이 약해서 태어나고 얼마 지나지 않아 떠났어요. 그 후로 제 인생은 멈춰버렸어요. 벌써 몇 년이나 자고 일어나기만 하면서, 열심히 노력하는 남편에게도, 같이 사는 할머니께도 부담만 주고 있어요. 우울증이어서 일도 그만두고……."

"우울증……."

"네, 심각한 우울증…… 너무 심각한 우울증." 그렇게 말하면서도 사오리가 어렴풋이 웃었다.

"그랬군요……. 하지만 전혀 그래 보이지 않으세요."

"저는 고집불통이라 그래요. 연기를 잘하거든요." 사오리가 웃으며 말을 이었다. "그래도 원래 잘되는 일이 없는 경우가 더 많지 않을까요? 비관론자처럼 보일지 모르는데, 이 세상이나 인생은 사람 마음을 꺾어버리는 일만 일어나는걸요."

"……." 준 씨가 묵묵히 고개를 끄덕였다. 준 씨도 어떤 사정을 끌어안은 사람인 것 같았다. 아마 사오리도 비슷한 생각을 했으리라.

"인생은 안되는 일이 더 많은데 다들 그걸 잘 감추고 있죠……. 저는요, 아마네가 떠난 이후로 인생은 되는 일이 없는 게 당연하다고 생각하기로 했어요. 그렇게 생각했더니 조금 좋은 일이 생기면 아주 기뻐요. 그걸 일기에 쓰죠."

그러면서 사오리가 또 가방에서 작은 노트를 꺼냈다. 사오리가 그런 일기를 쓰는 줄은 나도 지금껏 몰랐다.

"오늘은 여기에 준 씨가 만들어준 커피가 맛있었다고 쓸 거예요. 나한텐 정말 기쁜 일이니까요."

다시 준 씨의 얼굴이 엉망으로 일그러졌다. 사오리가 다가가 두르고 있던 숄로 준 씨의 몸을 덮어주었다.

"있잖아요, 준 씨에게 부탁이 있는데……."

"……뭔데요?"

"가게 정리, 저도 도우면 안 될까요?"

"네……? 그건."

"준 씨 혼자서는 힘들잖아요? 저, 낮에는 한가해요. 몸 상태도 마음 상태도 날에 따라 달라지니까 도울 수 있는 시간이 짧을지도 모르지만…… 조금씩 해보면 어떨까요? 가게를 다시 한번 열기 위해서요."

준 씨가 조용히 울며 고개를 끄덕였다. 나는 놀랐지만 사오리의 말을 막지 않았다. 두 여성이 서로 받쳐주며 어떻게든 앞으로 나아가려 했다.

그렇게 사오리는 상태 좋은 날이면 '찻집 준'에 다니기 시작했다.

사오리에게 들으니, 가게 정리를 거의 마친 뒤 준 씨는 돌아가신 아버님의 지인이 운영하는 노포 찻집에 가서 커피 만드는 법을 다시 공부하기 시작했다고 한다.

준 씨의 의욕이 견인하는 형태로 우리 상상보다 훨씬 일찍, 여름이 끝날 무렵 가게가 다시 오픈했다. 사오리는 가게가 너무 바쁠 때는 앞치마를 걸치고 접객에 나섰다. 나는 가게 밖에서 그 모습을 바라볼 때가 있다. 익숙하지 않아도 손님의 주문을 받고 커피를 서빙하는 사오리의 모습을 지켜보았다.

고향 섬의 본가 식당에서 빨간 앞치마를 두르고 덮밥을 먹던 젊은 시절 사오리의 뒷모습이 생각났다.

그때로부터 제법 오랜 시간이 흘렀다. 많은 일이 있었다. 시간이 한 바퀴 쭉 되돌아온 것 같았다.

마음의 병은, 이제 괜찮다고 쉽게 단언할 수는 없다. 그래도 지금 또 마음이 꺾이는 일이 벌어져도 사오리는 몇 번이든 회복으로 가는 길을 걷기 시작하리라. 나는 그렇게 확신했다.

"나도 다시 공부하고 싶어. 사람 마음을. 아니다, 우선은 내 마음을 더 잘 알고 싶어. 상담사가 되고 싶어. 자신은 하나도 없지만 나처럼 금방 마음이 무너지는 상담사가 있어도 좋을 것 같아."

내 후기 연수가 앞으로 반년이면 끝날 무렵, 사오리가 그렇게 말했다.

준 씨의 가게에서 일한 후로 언젠가 사오리가 그런 말을 꺼내리라는 예감이 있었다. 내가 정신과 의사이고 사오리가 상담사. 마치 꿈만 같은데 결코 불가능한 꿈이 아니다. 아마 네가 떠난 후로 세월이 흘러 사오리의 마음은 잔잔한 상태를 유지했다. 의사가 되겠다는 나를 받쳐준 사오리를 이번에는 내가 받쳐주면 된다. 그리하여 사오리는 이듬해 봄부터 임상심리사가 되기 위해 대학원에 다니기 시작했다.

사오리가 대학원을 졸업하고 얼마 지나지 않아 마치 딸처럼 사오리를 돌봐준 할머니가 돌아가셨다.

아침에 평소처럼 일어나지 않으셔서 사오리가 할머니 침실에 갔는데, 침대에 누워 차갑게 식어 있었다. 어떤 병으로 괴로워하지 않고 여든여덟 살에 맞이한 평온한 죽음이었다.

"집도 재산도 전부 네 병원을 위해 써도 된다."

흔들린 글자로 적은 유언장을 보자 눈물이 맺혔다.

할머니의 유언대로 50년 이상 된 집을 부숴 새롭게 집을 지었다. 마당을 넓게 내 사오리가 좋아하는 허브와 식물을 심었다. 진찰실에서도 대기실에서도 상담실에서도 마당이 보이도록 설계를 했다. 지극히 평범한 이층집으로, 1층은 클리닉이고 2층은 우리의 주거지다. 상담실 책장의 시선 닿는 곳에 작은 십자가와 함께 아마네의 사진을 놓았다.

누구든 편하게 찾아오도록 마음 클리닉이라고 커다랗게 간판을 내걸지 않았다. 남의 집에 놀러 가는 것처럼 클리닉에 와주길 바랐다. 그러다 보니 누군가의 시선에 클리닉의 존재가 걸리는 일도 적어서 개원 초기에는 환자가 전혀 오지 않았다. 그럴 때는 대기실에서 사오리와 함께 차를 마시며 보냈다.

그저 기다리면 된다. 클리닉 경영 면에서는 환자가 많이 오면 고맙지만, 그만큼 마음 아픈 사람이 많다는 뜻이다. 다만 아무리 환자가 많이 오더라도 진찰을 건성으로 하고 싶지 않았다.

처음으로 온 환자는 준 씨의 지인인 나이 든 여성이었다. 다른 환자가 없었으므로 나와 사오리는 충분히 시간을 들여 그녀의 이야기를 듣고, 최소한도의 약을 처방했다. 시간은 걸렸어도 그녀의 마음은 안정되었다. 그러다가 그녀의 소개로 다른 환자도 오기 시작했다. 눈에 띄는 광고를 하지 않았는데 입소문으로 환자들이 찾아왔다.

그렇게 몇 년이 순식간에 흘렀다. 나도 사오리도 그만큼 나이를 먹었다.

진찰을 마치면, 우리 둘은 책장에 놓아둔 아마네 사진 앞에서 두 손을 모았다.

오늘 하루도 무사히 끝났단다. 나는 마음속으로 말을 걸었다.

나도 사오리도 온종일 진찰하다 보면, 일을 마친 다음에는 지쳐서 아무것도 못 하니까 영업을 마친 준 씨의 가게에서 저녁을 먹는 날도 드물지 않았다.

피로에 시달리는 우리를 위해 준 씨는 따뜻한 커피와 샌드위치를 준비해주었다. 그날은 춥지도 덥지도 않아 기온이 적절한 초가을 밤이었다.

"밖에서 마실까요?"

준 씨가 말하더니 가게 밖으로 의자와 작은 탁자를 가지고 나가려고 했다. 나와 사오리도 도왔다.

"밤의 카페테라스."

사오리가 그렇게 말하며 의자에 앉았다.

준 씨의 가게 카운터 안쪽에서 여전히 그 포스터는 일하는 준 씨를 줄곧 지켜보았다. 어쩌면 준 씨의 아버지가 아꼈던 포스터일지도 모른다. 언젠가 준 씨와 그런 이야기를 나누면 좋겠다고 생각했다.

사오리의 식욕은 처음 만났을 때처럼 왕성했다. 사오리는 접시를 순식간에 비우고 내 접시를 바라보았다. 그 시선에 져서 "먹어" 하고 접시를 내밀자 "신난다"라고 말하며 샌드위치에 손을 내밀었다. 그런 나와 사오리를 준 씨가 마치 엄마처럼 웃으며 지켜보았다. 준 씨의 커피와 샌드위치는 정말 맛있었다. 피로가 솔솔 풀렸다.

이곳은 어수선한 도쿄의 변두리로, 고흐가 그린 카페 같지도 않고 파리의 거리 같지도 않지만, 분명 지금 나와 사오리가 있는 이곳은 밤의 카페테라스였다.

밤하늘에는 눈을 가늘게 뜨면 간신히 보이는 작은 별이 반짝였다. 저 별 하나에 아마네의 영혼이 깃든 것만 같았다.

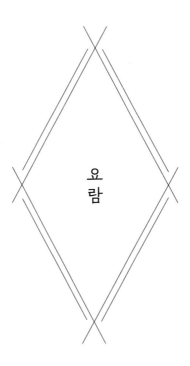

요
람

내 가게 이름은 '찻집 준'이고, 내 이름은 '준'이다. 아버지가 가게에 내 이름을 넣겠다고 했을 때 두 팔을 휘두르며 항의했지만 들어주지 않았다.

"세상에서 가장 사랑하는 사람의 이름을 붙이는 게 뭐가 나빠?" 아버지는 아무렇지 않은 얼굴로 말했다.

"그럼 엄마 이름을 붙이면 되잖아!"

"아케미라는 이름은 찻집과 안 어울리지."

이번에는 어머니가 화낼 차례였다.

아버지가 돌아가시고 한동안 가게를 닫았다가 내가 주인이 되어 다시 오픈한 지 10년째다.

원래는 아버지가 회사를 그만두고 연 가게였다. 처음 개업했을 때, 아버지에게도 어머니에게도 말하지 않았지만, 나는 내심 실망했었다. 당시 아버지는 누구나 이름을 대면 아는 증권회사에 다녔다. 매일 아침 양복을 멋지게 입고 회사에 가는 아버지는 어린 내 눈으로 봐도 멋있었다. 찻집을 시작한 뒤로 아버지는 양복을 입지 않고 매일 셔츠에 청바지, 앞치마 차림으로 지냈다. 지금 생각하면 아버지에게 제법 잘 어울렸는데 어린 마음으로는 불만이었다.

아버지가 찻집을 열고 싶다고 했을 때, 엄마도 당연히 결사반대했다. 두 분이 한밤중에 목소리를 낮추고 싸우던 것도 대충은 기억한다. "지금 일을 계속하다가는 마음이 죽어버릴 거야." 아빠는 이렇게까지 말했다고 한다. 결국 어머니가 꺾였다. 마지막의 마지막까지 그렇게 반대했으면서, 막상 가게를 열자 아버지가 커피를 만들고 어머니가 서빙했다.

양복 입은 아버지를 보지 못하게 된 건 아쉽지만, 초등학교에 다녀오면 나는 매일 가게에 들렀다. 아버지가 항상 가게에 있는 건 좋은 일이었다. 회사에 다닐 적에 아버지는 밤늦게까지 일했으니까 아침에 식탁에서만 만났었다.

카운터 한쪽 구석에서 숙제를 종종 했다. 손님이 늘어나자, 그중에 내게 공부를 가르쳐주는 대학생이나 아저씨도 있었다. 카운터는 나에게 거실 탁자이자 공부 책상이었다. 저녁이면 어머니와 집에 가서 저녁 준비를 도왔다. 저녁을 다 차릴 때쯤이면 아버지가 집에 왔다. 종일 서서 일하는 아버지는 피곤한 얼굴이었지만, 회사 다니던 시절과는 전혀 다른 것은 보면 알았다.

고등학교 입시도, 대학교 입시도 전부 가게 카운터 구석에서 공부했다. 집중하다 보면 아버지가 카페오레를 만들어주었다. 커피는 그냥 쓰기만 해서 맛을 잘 몰랐는데, 카페오레는 맛있었다. 좋아하는 아버지가 만들어주니까 더 맛있었다.

희망했던 대학에는 들어가지 못했으나 3지망이었던 대학에 간신히 입학한 뒤로는 허리가 아픈 어머니를 대신해 아버지의 가게를 도왔다. 접객은 지금까지 아버지와 어머니를 지켜봤으니까 어렵지 않게 했는데, 커피 만드는 기술만큼은 아무리 아버지가 꼼꼼히 가르쳐줘도 늘지 않았다. 내가 너무 맛없는 커피를 만드니까 아버지가 거칠게 목소리를 높인 적도 있다. 아버지의 그런 목소리는 커피 관련한 일을 할 때만 들었다. 아버지는 커피 맛에 자기만의 철학이 강해서 그걸 이해하지 못하면 나뿐만 아니라 어머니까지 혼냈다. 나

는 아버지를 닮지 않아 애초에 손끝이 야무지지 못했고 혀
도 섬세하지 않았다.

"커피는 별로 좋아하지도 않는걸. 세상에서 커피가 사라
져도 곤란할 사람 아무도 없거든요." 반발하려고 이런 소리
를 하면, 아버지는 너무도 슬픈 표정을 지었다.

아버지에게 혼나면서도 나는 계속 가게를 도왔다. 역시 이
곳에 애착이 있었을 것이다. 대학 생활은 눈 깜짝할 사이에
끝났고, 취업처가 정해졌다. 아버지가 다녔던 유명한 증권회
사가 아니라 역시 대학과 비슷한 삼류 섬유 회사였다. 간신
히 입사한 회사였다. 거기에서 영업 일을 했다. 익숙하지 않
은 구두를 신고 전철을 타고서 도쿄를 이동했고, 담당자와
만나면 연신 고개를 숙였다. 이른 아침부터 밤늦게까지. 이
동 시간 때문에 점심을 먹지 못하는 날이 많아지자 금세 살
이 빠졌다. 아버지 가게에 들르지 못하는 날이 이어졌다.

회사에서 연일 실수를 저질러 어떻게든 가게에 가고 싶어
진 어느 날 저녁, 약속 한 건을 무리해서 취소하고 지칠 대
로 지쳐 가게 문을 열었다. 카운터에 엎드려 아무 말도 안
하는 내게 아버지가 커피 한 잔을 만들어주었다. 한 모금 마
셨다. 그때 처음으로 아버지의 커피가 맛있다고 생각했다.

"맛있다"라고 반복해서 말하는 내게 아버지가 조용히 말

했다.

"준, 어떤 일이든 커피 한 잔을 마실 여유가 없으면 계속하지 못한다. 무작정 달려가다 보면 언젠가 뚝 부러져."

아버지는 내 얼굴을 보지 않고 말했다. 어딘가 먼 곳을 응시했다. 그때 문득 아버지의 이야기이기도 하려나 생각했다.

그 후로 몇 년이 흘렀을까.

가게 창문을 닦다가 갑자기 그때 아버지의 목소리가 되살아날 때가 있다.

양동이 물로 걸레를 빨고 세게 짠 뒤 직원실에 널러 갔다. 직원실 제일 안쪽에 아버지 사진을 놓아두었다. 아침에 제일 먼저 내린 커피를 사진 앞에 놓는다. 그리고 합장한다. 오늘도 커피를 맛있게 만들 수 있기를 빌며.

가게를 열자, 곧 단골손님들이 들어왔다. 아기를 데리고 온 엄마도 있다. 찻집 중에 아이는 출입 금지인 곳도 많지만, 나는 이쪽에서 손님을 선별하고 싶지 않았다. 유아차를 끌고 온 엄마나 다리가 안 좋은 분도 들어올 수 있게, 작년에 가게 안의 턱을 없애는 공사를 했다. 아르바이트생인 미오 씨가 만든 파르페는 여전히 평판이 좋다. 인터넷 뉴스에도 실린 덕분인지 주말에는 멀리서 찾아오는 분도 많다. 가게가 꽉 찼을 때는 죄송하지만 가게 밖 벤치에서 기다리게 했다. 아버지가 살아 계셨다면 눈이 휘둥그레질 정도로 번 창했다. 파르페를 낸 후로 젊은 손님도 늘었다. 커피를 만들 면서 나는 무의식적으로 미오 씨와 비슷한 나이의 여자를 찾는다. 그 아이가 갑자기 가게에 와주지 않을까 하고. 하지 만 그럴 리가 없다. 벌써 19년 전 일이다. 내가 그 마을을 떠 난 지도. 그렇게 긴 세월이 흘렀다. 내년 5월이면 내 딸 메이 도 스무 살이 된다.

그날은 손님도 적어서 가게를 일찍 닫고 시이노키 마음 클리닉에 갔다.

"선생님, 잠이 좀 안 와서요. 이 시기엔 늘 그래요."

활짝 연 창문 너머로 금목서 향이 났다. 향기가 기억을 되 살렸다. 그 마을을 떠나 도쿄에 돌아왔을 때, 길가에서 문득 이 향을 맡았다. 이 계절이 되면 내 마음은 조금 불안정해 진다.

"잠을 잘 자도록 늘 처방하는 약을 줄까요?"

준 선생님이 차트에 펜으로 뭔가 적으며 말했다.

"일이 너무 바쁘지 않아요? 가게 앞을 지날 때마다 안을 살피는데 준 씨는 늘 바빠 보여요. 장사가 잘되는 건 좋지만 기분 전환으로 여행이라도 가면 어때요? 마침 좋은 때니까."

준 선생님 옆에 앉은 사오리 선생님이 말했다. 사오리 선생님의 상담은 받지 않지만, 내가 클리닉을 찾으면 준 선생님도 사오리 선생님도 꼭 손님을 맞이하는 것처럼 대해준다.

"그러게. 그래도 성격상 남한테 뭘 맡기질 못하겠어요."

"미오 씨 같은 아르바이트생을 늘리면?"

"일을 그렇게 잘하는 친구는 잘 없어요."

"준 씨한테는 딸 같은 존재죠."

준 선생님은 말을 마치고 이런, 하는 표정을 지었다.

"딸이 이제 몇 살이 되죠?"

사오리 선생님은 그런 준 선생님을 개의치 않고 내게 물었다.

"열아홉이요. 그래도 딸은 딸의 인생을 살고 있어요. 새엄마도 있고. 나 같은 건 이미 잊었겠지. 내가 끼어들 자리가 없어요."

나는 대답하며 책장의 액자를 봤다. 준 선생님과 사오리 선생님의 아이. 내 딸과 헤어졌을 때, 그 아이는 저 아기보다 아주 조금 컸을 뿐이었다. 그런 아이를 두고 나는 그 마을을 떠났다. 가슴이 답답해졌다. 미간에 주름이 팼다. 사오리 선생님이 내 표정 변화를 바로 알아차렸나 보다.

"준 씨, 여기에서는 밖에서 하지 못할 이야기를 뭐든 해도 돼요. 끼어들 자리가 없다니, 그런 건 남들이나 하는 소리지, 준 씨가 일부러 하지 않아도 돼요. 뭐든 편하게 말해요."

나는 심호흡을 한 번 하고 마음을 정했다. 그리고 입을 열었다.

"……사실대로 말하면요. 나는 그 아이와 만나고 싶어서 미치겠어요. 미오 씨가 곁에 있으니까 그러나. ……미오 씨를 참 좋아해요. 하지만 미오 씨가 내 딸이면 얼마나 좋을까, 자꾸 이런 생각이 들어서. ……사실은 지금 당장 그 아이를 만나러 가서 사과하고 싶어요. 내가 한 짓을 전부."

울고 싶지 않은데 눈물이 뺨을 타고 흘렀다. 가방에서 손수건을 꺼내 눈물을 훔쳤다. 손수건에도 커피 향이 깊이 스며들어 있어서 내심 어이없어 웃고 말았다.

"자기 전에 그런 생각만 들어요. 딸을 두고 그 집에서 나온 게 이맘때쯤이어서 그러는지도요……."

사오리 선생님이 내 손바닥에 자기 손을 포갰다. 어느새 창문 너머에서 가을벌레 우는 소리가 들렸다. 그 마을은 벌써 겨울 준비를 할 시기일 것이다.

나는 스물네 살에 결혼했다.

결혼 상대는 같은 회사에서 역시 영업 일을 하는 세 살 연상이었다. 그를 분명 사랑했지만, 나는 그 이상으로 일 때문에 완전히 지치기도 했다. 지금 생각하면 일에 싫증 나서 결혼 생활로 도망친 것이었다. 그러니 회사를 그만둘 때도 주저하지 않았다.

결혼하기로 한 것과 동시에 그가 호쿠리쿠* 지방 도시로 발령받았다. 원래 그는 도호쿠** 출신인데, 친척이 그 마을 근처에 살아서 익숙했다. 반대로 나는 아버지 쪽도 어머니 쪽도 친인척 모두 간토*** 출신이어서 외동딸인 나는 도쿄는 커녕 본가에서 나와 산 적도 없다.

지인도 친구도 없는 마을에서 새로운 생활을 시작하는 내게 아버지도 어머니도 "정말 괜찮겠니?" 하고 물었다. 나는 어떤 점이 괜찮지 않을지 구체적으로 생각도 안 하고서 그런 질문을 받을 때마다 "괜찮아요, 괜찮아"라고 전혀 마음이 담기지 않은 대답을 했다.

---

* 일본 본섬 중 동해에 면한 지역. 난류의 영향으로 겨울에 눈이 많이 온다.
** 일본 본섬 중 북동쪽 지역.
*** 일반적으로는 일본의 수도권 지역을 가리킨다.

도쿄에서 식을 마치고 그 마을에서 살기 시작했다. 생선이 맛있어서 놀란 시기는 금방 지나고 겨울이 왔다. 호쿠리쿠의 겨울이란 걸 처음 경험했다. 도쿄 겨울의 맑게 갠 푸른 하늘은 어디에도 없었다.

하늘에 어둡고 무거운 잿빛 구름이 드리웠고, 바다에서 살을 에는 찬바람이 휘몰아쳤고, 어느새 소리도 없이 눈이 내리기 시작했다. 차가 없으면 뭔가를 사러 가지도 못했는데, 장 보러 가는 것 이외의 볼일이 많지도 않았다. 차를 타고 가고 싶은 곳도 생각나지 않았다. 이 동네에 갇혔나? 그런 생각이 머리를 스쳤는데, 그래도 남편과 둘만의 생활은 행복한 빛으로 채색되었다. 남편을 위해 요리하고 집을 정리한다. 그러나 나 이외에 어른의 뒤치다꺼리는 금방 끝난다.

나는 기구를 마련해 아버지를 흉내 내 커피를 만들기 시작했다. 나를 위해서, 또 남편을 위해서. 그리운 커피 향이 방에 자욱해지면 가슴이 미어졌다. 남편을 분명 사랑했다. 그러나 도쿄의 우리 동네에서 아버지 어머니와 만나고 싶었다. 남편은 다정하고 내게 약해서, 도쿄에 돌아가고 싶다고 내가 울상을 지어도 웃으면서 다녀오라고 말하는 사람이었다. 나는 수영할 때 숨 쉬는 것처럼 도쿄에 돌아가 아버지와 어머니에게 응석을 부렸다. 아버지도 어머니도 그거 보라는 표정을 지었지만, 나를 말없이 받아주었다. 눈 내리지 않는 마을에서 나는 푹 잤고, 어머니가 해주는 밥을 먹고, 아버지가 만들어주는 커피를 마시고, 그러다가 남편이 그리워질 때쯤 다시 그 마을로 돌아왔다.

결혼하고 2년이 지났을 무렵, 임신 사실을 알았다. 가족이 늘어난다. 나는 혼자가 아니게 된다. 이런 기쁨이 내 몸을 가득 채웠다. 다만 예상 이상으로 입덧이 심해서 임신하자마자 꼼짝하지 못했다. 물을 마셔도 토했다. 너무 심한 데다 탈수증 우려도 있어서 입원 생활까지 했다. 퇴원한 후에도 몸은 계속 안 좋았다. 도쿄에 가는 것은 물론이고 주말에 남편과 하는 드라이브도, 퇴근한 남편에게 만들어주는 커피 한 잔도 배 속 아이는 봐주지 않았다. 일어나 있는 시간보다 누워서 지내는 시간이 길었다. 그래도 상태 좋은 날에는 우리에게 찾아올 아이를 위해 방을 꾸몄다.

그런 시기에 아버지가 엽서를 보냈다. 베일 드리운 요람에 잠든 아이를 다정하게 바라보는 여성의 그림이었다. 뒷면에는 아무런 글이 없다. 베르트 모리조라고 작가의 이름만 적혀 있었다. 그래도 그 그림이 마치 아버지의 응원처럼 느껴져서, 그림이 눈물로 흐릿해졌다.

아버지는 그림을 좋아했다. 가게에는 고흐나 피카소, 모네, 마네 등의 포스터를 액자에 넣어 장식했다. 나는 아버지에게서 받은 엽서를 액자에 넣어 창가에 놓았다. 엽서에 그려진 것처럼 베일 드리운 큼지막한 요람을 찾았으나 어디에도 없어서 어쩔 수 없이 등나무로 만든 요람으로 만족했다.

임신 후반에 들어 배 속 아이가 여자아이인 걸 알았을 때, 남편은 기뻐하며 내 배를 쓰다듬고 배에 대고 "얘야, 빨리 나오렴" 하고 말을 걸었다. 평소 감정을 별로 겉으로 드러내지 않는 사람이어서 아이가 태어나기를 기다린다는 걸 알고 기뻤다. 초산 같지 않게 출산은 순조로웠다. 내 가슴 위에 놓인 아기에게서 어딘지 그리운 냄새가 났다. 5월에 태어난 딸에게 메이(芽衣)라는 이름을 지어주었다. 이 마을에서 제일 살기 좋은 계절이다. 짧은 봄과 여름과 가을이 지나면 또 언제 끝날지 모르는 겨울이 길게 이어진다. 어머니가 와서 산후조리를 도와주었다. 어머니가 청소한 방에서 어머니가 만든 밥을 먹고 젖을 줄 때만 메이를 안았다. "계속 엄마한테 기대기만 하면 나중에 힘들어"라는 소리를 들었지만, 어머니가 떠나면 나 혼자 전부 해야 한다는 것쯤 알고 있었다. "지금만 응석 좀 부릴게"라고 어머니에게 말하자, 어머니는 개킨 세탁물을 가슴에 안고 왠지 기쁜 표정을 지었다. 하지만 그때 나는 출산하고 오롯이 혼자 모든 육아를 도맡는 것이 얼마나 힘든지 상상도 못 했다. 결혼할 때와 똑같다. 뭐가 힘들지 상상도 안 하고 "괜찮아요, 괜찮아"라고 대답했던 그때와.

항상 은은한 두통에 시달리기 시작한 것은 어머니가 도쿄로 돌아가고 한 달이 지났을 무렵이었다. 메이는 잘 우는 아이였다. 늘 안아주지 않으면 큰 소리로 울어댔다. 그래도 어머니가 있을 때는 어머니가 능숙하게 달래서 그치게 했다. 그런데 내가 아무리 달래도 메이는 울음을 그치지 않았다. 분유도 줬고, 기저귀도 갈았는데. 그래도 나 혼자 해야 한다. 아직 생후 2개월인 메이를 아기 띠로 내 몸에 동여매고 청소와 빨래를 했다. 출산 전처럼 전부 완벽하게는 하지 못했다. 청소에 시간을 들이지 못하니까 방 한구석에 먼지가 쌓였고, 욕실 벽에 곰팡이가 생겼다. 가스레인지 기름때도 신경 쓰였다. 하루가 순식간에 흘러갔다. 일도 안 하고 온종일 집에 있는데 집이 왠지 모르게 지저분하다. 그 사실이 조금씩 내 마음에 무거운 짐이 되기 시작했다. 집이 다소 더럽든 말든 다정한 남편은 아무 말도 하지 않았다. 메이는 안고 있어도 계속 울었다. 그런데 남편이 안으면 울음을 그친다. 대체 나는 뭐가 문제지? 나는 어쩔 줄 몰랐다.

어디 몸 상태가 안 좋은가 싶어 울음을 그치지 않는 메이를 소아과에 데리고 간 적도 있다.

"아픈 곳은 없어요. 어머니가 조금 신경질적인 것 같습니다. 아이는 생각보다 그런 걸 잘 알아차리거든요."

의사의 말이 비수처럼 가슴에 꽂혔다. 내가 신경질적이라고? 지금까지 나를 그런 식으로 생각한 적이 없다. 설령 신경질적이더라도 우는 메이를 그냥 둘 수도 없다. 나는 뭘 어떻게 바꾸면 좋을지 몰랐다. 어머니에게 전화하자 "조금쯤은 울게 둬도 돼"라고 했다. 하지만 요람에 메이를 그냥 눕혀놓으면, 메이의 울음소리가 점점 커져서 방을 울린다. 공동주택이니까 언제 무슨 불평이 쏟아질지 모른다고 생각하자 두려웠다. 그런 생각을 하면 관자놀이가 욱신욱신 아팠다.

메이는 밤낮 가리지 않고 울었다. 한밤중에도 상관 없이 나를 깨웠다. 잠이 부족해서 두통이 더욱 심해졌다. 가능하면 누군가에게 메이를 맡기고 온종일 침대에 누워 자고 싶었다. 어머니에게 한 번 더 "응석 좀 부릴게"라고 말하면 좋았을 텐데, 그때 나는 고집불통이었다. 메이 하나쯤은 내 손으로 키워 보이겠다고. 분유를 주고 기저귀를 가는 것만은 간신히 했으나, 그 이상은 할 수 없었다. 솔직히 말하면 메이가 귀엽지 않았다. 세상에 그런 엄마가 있을까? 나는 자책에 빠졌다.

집은 지저분하고, 남편에게는 즉석식품을 밥이라고 줬다. 언제 어디서 들었던 산후 우울증이라는 말이 머리를 스쳤다. 혹시 나는 산후 우울증이거나 공황장애, 뭐 그런 것 아닐까?

"정신과든 심료내과든 어디든 좋으니까 나를 데려가주면 좋겠어."

어느 날, 마음먹고 남편에게 상담했다.

"⋯⋯왜?"

"나, 우울증이나 뭔가 마음의 병인 것 같아."

"당신, 메이를 잘 돌보고 있잖아. 마음의 병일 리 없어. 그럴 리가 있겠어? 당신이 힘들 때는 내가 메이를 돌볼 테니까."

남편은 내 말을 상대해주지 않았다. 하긴 그렇다. 느닷없이 아내가 "마음의 병인 것 같아"라는데 동요하지 않을 남편은 없다. 순순히 인정하기 싫었던 그날 남편의 마음을 지금은 충분히 이해한다. 하지만 나는 남편에게 그런 말을 할 수밖에 없을 만큼 궁지에 몰렸다.

그해에도 긴긴 겨울이 다시 찾아왔다. 꼭 닫아둔 따뜻한 방에서 메이가 계속 울었다. 달래도 그치지 않았다. 머리가 아프고 가슴이 뛰었다. 숨이 답답했다. 나도 모르게 베란다 창문을 열었다. 맨발로 베란다에 나갔다. 베란다 난간에서 몸을 내밀어 밖을 봤다. 당시 5층에 살았다. 다리가 떨렸다. 여기에서 뛰어내리면 편해지지 않을까, 그런 생각을 한 내가 무서웠다. 메이를 두고 죽을 수는 없다. 그렇게 생각하는데 어째서 매일매일 이토록 괴로울까. 이미 메이에게 다정하게 말을 걸 여유도, 웃어줄 여유도 없었다.

어느 평일 저녁. 역시 메이는 울고 또 울었다. 은은한 두통과 답답함이 또 찾아왔다. 그때 무의식중에 메이의 입을 손바닥으로 막으려 했다. 퍼뜩 정신을 차리고 손바닥을 치웠다. 지금 내가 무슨 짓을 하려고 했지. 내가 무서웠다.

"메이, 메이, 미안해."

메이를 끌어안고 나는 그저 혼자 울었다. 이대로는 내가 무슨 짓을 할지 모른다. 갑자기 그런 생각이 들었다. 메이에게서 멀어지지 않으면 나는…….

남편이 딸을 목욕시키는 중이다. 거실 바닥에 메이가 갈아입을 옷을 준비해두었다. 목욕을 마치면 먹일 보리차도 준비했다. 욕실에서 메이의 신난 목소리가 들렸다. 내 앞에서는 들려주지 않는 목소리다. 나는 엄마 실격이다. 메이의 목숨을 끊으려고 했다. 그렇게 생각한 순간, 나는 샌들을 신고 집에서 뛰쳐나왔다. 뭘 어떻게 해서 도쿄까지 돌아왔는지도 기억하지 못한다. 코트조차 입지 않았다. 다음 날, 나는 아버지 가게의 문을 열고 그 자리에서 쓰러졌다.

부모님과 함께 간 병원에서 중증 산후 우울증과 공황장애를 진단받았다. 석 달간 입원했다. 나는 계속 잤다. 퇴원 후에는 친정에 머물며 메이가 보고 싶다고 매일 울며 지냈다.

입원하던 동안, 부모님이 몇 번이나 그 마을에 가서 남편에게 내 증상을 설명했다. 남편은 이해했으나 남편의 가족이, 특히 시어머니가 내가 저지른 짓을 용서하지 않았다. 시어머니에게서 온 편지에 '자식을 버리는 사람에게 육아를 맡길 수는 없다'라고 적혀 있었다. 당연한 말이었다.

나는 이십대 후반을 정신과에 다니고 아버지 가게를 도우며 보냈다.

가게에는 때때로 아기를 데리고 온 손님도 왔다. 메이 정도의 아기였다. 가슴이 뛰었다. 직원실 소파에 누워 약을 먹고 폭풍우가 가시기를 기다렸다. 아이 울음소리가 직원실까지 들리면, 나도 소리 내 울었다. 아버지는 아이를 참 좋아했는데, 가게 문에 '아이는 동반하실 수 없습니다'라는 작은 종이를 붙였다.

남편과 남편의 가족이 이혼해달라고 요구했다. 반론할 여지가 없었다. 그는 하나도 나쁘지 않다. 나쁜 건 나다. 자기 자식을 죽이려고 한 죄. 나는 도착한 이혼 서류에 서명하고 도장을 찍어 그 마을에 있는 남편에게 보냈다.

일도 육아도 제대로 못 했다. 나는 아무것도 할 수 없다. 그걸 깨달았다. 그렇다면 아버지를 본받아 맛있는 커피 한 잔을 만들 수 있는 사람이 되겠다고 속으로 맹세했다. 그러나 아무리 커피를 만들어도 아버지의 표정은 흡족해지지 않았다. 나는 서른 살이 되었다. 그 와중에 아버지가 가게에서 쓰러졌다. 아버지 몸에 암세포가 있었다. 어머니와 함께 아버지를 돌봤다. 아버지 가게를 닫을 수는 없다. 그런 마음은 있었으나 커피 한 잔도 맛있게 만들어내지 못하는 내가 손님 장사를 할 수 있을 리 없다. 어쩔 수 없이 가게를 닫았다. 긴 투병 끝에 아버지가 돌아가셨고, 어머니도 아버지를 쫓아가는 것처럼 돌아가셨다. 그렇게 나는 혼자 남았다.

아버지도 어머니도 떠난 가게에서 나는 그저 가게 앞을 오가는 사람들을 보며 지냈다. 아버지와 비슷한 연배의 남성을 보면 울고, 어머니 느낌이 나는 여성을 보면 울고, 메이와 비슷한 어린아이를 보면 울었다.

준 선생님과 사오리 선생님과 만났을 때가 그 시기였다.

처음에는 나 자신을 마음이 병든 사람이라고 쉽게 말하지 못했다. 사오리 선생님도 자기 아이를 잃은 슬픔을 간직한 사람이었다. 그녀의 도움이 없었다면 커피 만드는 법을 다시 배우지도, 가게를 다시 열지도 못했을 것이다. 하지만 그렇게까지 해준 은인인 그들에게도 내 마음의 어둠을 전부 밝히지 못했다. 병으로 아이를 잃은 사람과 자기 아이의 곁을 떠난 나는 전혀 다르다. 준 선생님과 사오리 선생님이 클리닉을 연 후에도 한동안은 발길이 가지 않았다.

전남편은 메이가 유치원에 들어가기 전에 재혼해서 그는 새로운 아내와, 메이는 새로운 엄마와 새로운 생활을 시작했다. 전남편은 편지 쓰기를 좋아하는 사람이어서 종종 메이의 성장을 편지로 알려주었다. 나는 그에게 짧은 답장을 썼다. 내가 먼저 메이에 관해 묻지 않았다.

늘 사진을 동봉했다. 편지는 어느새 메일이 되고, 때때로 메이의 사진이 첨부되었다. 등나무 요람에서 칭얼거리던 메이는 내 손을 번거롭게 하지 않으며 초등학생이 되고 중학생이 되고 고등학생이 되었다. 지금은 상경해서 도쿄 사립대에 다닌다고 한다. 어느 대학인지, 어느 동네에 사는지, 그의 메일에는 적혀 있지 않았다. 그것도 그렇다. 친모가 사는 곳이다. 내가 무슨 짓을 할지 모른다. 그의 메일에 그런 내용이 적힌 것은 아니나, 내가 그렸더라도 똑같이 했을 것이다.

그러나 메이가 도쿄에 있다는 걸 안 후로 젊은 여성 손님이 올 때마다 안절부절못하는 것은 사실이다. 미오 씨가 고안한 파르페가 인기를 얻은 후부터는 특히 그렇다. 젊은 여성 손님 중에 어쩌면 메이가 있지 않을까. 그런 생각이 들면 커피를 만드는 손이 희미하게 떨린 적도 있다. 그러다가 잠들지 못하게 되어 준 선생님에게 도움을 청했다. 그런데 메이와 재회하는 날은 내 상상보다 훨씬 빨리 찾아왔다.

가을장마가 이어지던 날이었다. 손님도 없어서 미오 씨를 먼저 돌려보내고 오늘은 일찍 가게를 닫으려고 했다. 딸랑, 문에 달린 종 소리가 났다. 얼굴을 본 순간, 바로 알았다. 전 남편이 보내준 사진 그대로인 메이가 거기 서 있었다. 동그란 얼굴에 눈썹이 살짝 처진 면이 나와 닮았다. 갓난아기 때부터 있던, 오른쪽 눈가에 작은 점도 있으니까 틀림없다. 우리는 한참이나 서로 바라보았다. 나는 물론인데 메이도 긴장한 걸 알았다.

"저기, 미조구치 준 씨라는 분이 계실까요?"

목소리가 떨렸다. 메이는 알고 있지만 새삼스레 묻는 것 같았다.

"······전데요."

아니요, 라고 말하는 선택지도 있었지만 마음보다 먼저 입이 대답했다.

"저기, 잠깐 기다려주시겠어요?"

긴장해서 나도 모르게 존댓말이 나왔다. 문에 'close' 팻말을 걸고, 메이를 테이블 자리에 앉혔다. 비가 점점 세차게 쏟아졌다.

"비를 맞지 않았나요?"

메이가 묵묵히 고개를 저었다.

"뭔가 마시겠어요?"

내 목소리가 떨리는 걸 알았다. 메이는 한 번 더 고개를 저었다.

나는 카운터로 가서 잔 두 개에 물을 따랐고, 플로어에 돌아와 테이블 위에 놓았다. 메이가 고개를 들고 나를 봤다.

"나, 메이예요. 딸인······."

그 순간, 내 눈에서 눈물이 흘렀다.

"메이, 씨······." 뭐라고 불러야 할지도 모르겠다.

"그럼 우리 엄마네."

나는 고개를 끄덕였다. 메이도 울었다. 여기 오려고 얼마나 많은 용기가 필요했을까.

"여길 어떻게?"

"아빠 편지를 보고. 아빠 방 책상 서랍에서 편지 다발을 봐서. 오래된 편지 다발. 처음에는 아빠가 바람피우는 줄 알았어. 그런데 몰래 읽어보니까 내 얘기가 적혀 있어서. 혹시 이 사람이 친엄마일지도 모른다고 생각했어. 편지에 여기 주소가 적혀 있잖아. 아빠는 모르게 여기 주소를 메모해서. 도쿄에 오면 먼저 여기 오려고 했어. 하지만 용기가 나지 않아서. 게다가 여기, 늘 붐볐으니까."

친엄마라는 말을 듣자 두근거렸다. 메이가 스마트폰을 꺼냈다.

"이걸 보면 내가 거짓말하는 게 아니라고 알아줄 것 같아서……."

가늘고 하얀 손가락으로 화면을 밀었다.

"이게 우리 아빠."

정말 전남편이었다. 메이의 사진은 늘 메일에 첨부했으나 그의 사진은 없었다. 낯선 모습이 되긴 했으나 젊은 시절 흔적도 분명히 남아 있었다. 나는 마음속으로 그에게 고개를 숙였다.

19년 만에 모녀의 재회. 그러나 지금 내가 전남편의 허락도 없이 메이를 만나도 정말 괜찮을까. 그걸 모르겠다. 메이가 오늘 여기 온 것은 분명 그도 모를 것이다.

"지금 어디 사니?"라고 물어보려다가 그 말을 얼른 가슴에 묻었다. 나에게는 그런 걸 물을 권리도 알 권리도 없다. 그래도 메이는 서글서글했다.

"중학생 때 알았어. 나한테 친엄마가 따로 있는 거. 도쿄에 있다는 것도. 그래서 열심히 공부해서 도쿄에 있는 대학에 입학했어. ……사실은 도쿄에 오자마자 바로 가게에 오고 싶었는데, 역시 좀 무서워서."

그렇게 말하며 메이가 울었다. 메이를 만지고 싶었다. 머리를 쓰다듬고 손을 잡고 끌어안고 싶었다. 하지만 정말 그래도 될지 모르겠다.

"또 가게에 와도 돼?"

그렇게 물었지만 "언제든 와도 돼"라고 말하지 못했다. 사실은 언제든 왔으면 좋겠다. 하지만…….

"메이, 씨의 아버지한테 말씀드려야지."

내가 그렇게 말하자, 메이는 고개를 저었다.

"아빠는 상관없어. 아빠도 엄마도 여동생만 있으면 되는 걸."

아이처럼 입술을 삐죽였다. 마음에 걸리는 말인데, 그걸 내가 물어봐도 괜찮을지 모르겠다. 메이와 만나서 기쁘지만 나는 너무도 혼란스러웠다. 메이는 말수가 적은 내가 불만스러운가 보다. 내게서 뭔가 듣고 싶다. 내가 뭔가 말해주면 좋겠다. 메이는 그런 마음으로 여기에 왔을 것이다.

"또 올게. 나도 엄마도 도쿄에 있으니까."

아무 말도 못 하는 내 대답을 기다리지 않고, 그래도 조금은 실망했다는 표정으로 메이가 가게를 떠났다. 딸랑, 문이 닫히는 소리. 나는 소파에 풀썩 주저앉았다. 너무 긴장했는지 관자놀이 쪽에 은근한 통증을 느꼈다.

또 오겠다는 말대로 메이는 그날 이후로 종종 가게를 찾아왔다.

보통은 가게를 닫기 직전, 미오 씨도 퇴근한 시간에 마치 길고양이처럼 스르륵 가게로 들어왔다. 어쩌면 문 닫기 전까지 어디서 시간을 보낼지도 모른다.

메이 역시 젊은 시절의 나처럼 커피가 별로인 듯했다. 우유를 듬뿍 넣은 카페오레를 줘도 설탕을 수북하게 넣었고, 그래도 쓴지 스푼으로 조심스럽게 떠서 입에 넣었다. 그 모습을 보면 젖병으로 메이에게 우유를 먹이던 나날이 떠올라 가슴이 아팠다. 어디에 사는지, 어느 대학에 다니는지, 나는 아무것도 묻지 않았는데 메이는 아무렇지 않게 말했다. 나는 못 들은 척했다.

그래도 몇 번이나 "밥은 잘 먹니?"라고 묻고 싶을 때가 있었다. 그러나 그건 내가 메이에게 해도 되는 말이 아니다. 마음은 여전히 망설이는데, 메이가 잠깐 머물다가 가게에서 나가면 또 언제 가게에 올지 나는 그날을 애타게 기다린다.

이런 시간이 오래 이어지면 좋겠다고 바랐다. 그러나 전남편에게 메이와 재회했다고 알리지 않았다. 메이도 자기 아빠에게 말하지 않은 것 같았다. 메이와 이렇게 만나도 괜찮을까, 역시 그걸 잘 모르겠다. 메이가 돌아간 밤이면 반드시 어떤 광경이 머리를 스쳤다. 그 밤, 그 마을, 그 집을 혼자 뛰쳐나왔던 나. 나쁜 것은 나다. 메이와 이렇게 만날 권리가 있을 리 없다. 그래도 메이는 하루가 멀다고 내 가게에 왔다.

"아빠랑 엄마는 왜 이혼했어?"

어느 날 밤, 메이가 내게 물었다. 메이의 윗입술에 카페오레 우유가 묻었다. 내 마음은 동요했다. 나는 메이의 입술을 가리키며 종이 냅킨을 건넸다.

"……"

뭔가 말하려고 했으나 입이 벌어지지 않았다. 메이가 조금 초조한 눈빛으로 나를 바라보았다. 메이는 아무것도 모른다. 내가 한 짓을. 전남편도 메이에게 사정을 말하지 않았겠지.

"아빠가 바람을 피웠어?"

"아니야."

"폭력을 썼다거나?"

"그럴 리가 있겠니."

"그럼 왜……."

"……그게, 메이……."

메이가 카운터 의자에서 일어나 옆에 놓아둔 가방을 집었다. 얼굴이 잔뜩 일그러졌다.

"나한테는 엄마가 둘 있는데, 양쪽 다 전혀 나랑 마음이 통하는 것 같지 않아. 새엄마는 여동생만 귀여워하는 것 같고……. 그야 애초에 피가 이어지지 않았으니까."

"그런 말을 하면 안 되지. 피가 이어지지 않았어도 어머니는 메이를 열심히 키워주셨잖아?"

메이의 반항적인 눈빛. 눈물이 고였다.

"엄마는 아무것도 모르면서 그런 소릴 어쩜 그렇게 쉽게 해? 왜 나한테 차가워? 아르바이트하는 여자한테는 그렇게 다정하게 웃어주면서? 내가 어느 동네에 사는지, 어느 대학에 다니는지, 엄마는 아무것도 안 묻지. 나한테 관심이 없는 것 같아."

메이가 문을 열고 나가려고 했다. 나도 모르게 달려가 팔을 붙잡았다.

"있잖니, 메이. 아빠와 이혼한 건 전부 엄마 잘못이야. 전부 엄마가 나빴어. 엄마 이야기를 들어줄래?"

메이를 소파에 앉혔다. 어디에서부터 말하면 좋을까. 그래도 나는 말을 끌어냈다. 메이가 태어나서 하늘이라도 날 것처럼 기뻤던 것. 그러나 산후 우울증이라는 마음의 병에 걸려 더는 돌보지 못하게 된 것. 발작적으로 집을 뛰쳐나온 것……. 이해해주지 않아도 된다. 그러나 전부 솔직하게 말하고 싶었다.

"그래서 나를 두고 간 거야?"

"그게 아니야. 너를 살리기 위해서 나는 집을 나왔어."

"살리기 위해서?"

"그 정도로 그때 내 마음은 상태가 심각했어. 그래도 메이, 네가 귀엽지 않아서 그 마을에 두고 온 게 아니야."

"그래도 외톨이로 둔 거네, 나를……."

메이가 일어났다. 가방을 손에 들고 문을 열었다. 메이가 신은 부츠의 굽 소리가 멀어졌다. 저 발소리를 듣는 것은 오늘이 마지막일 것 같았다. 결국 그 후로 메이가 가게에 찾아오는 일은 없었다.

순식간에 두 달이 지났다. 상점가에 겨울 네온사인이 반짝이기 시작했다.

"준 씨, 살이 좀 빠지지 않으셨어요? 안색도 안 좋아요. 가게, 지금부터 저 혼자도 괜찮아요. 오늘은 준 씨만이라도 쉬시면 어때요?"

"그렇게 할까? 모처럼 미오 씨가 말해주니까."

마구 어질러진 집에 돌아갈 마음이 들지 않았다. 미오 씨에게는 잘 쉬고 든든히 먹으라고 하면서 내 몸은 뒷전이었다.

오랜만에 시이노키 마음 클리닉에 가보기로 했다. 준 선생님과 사오리 선생님을 보고 싶으면서도 연말이라 바빠서 미루고 있었다. 역 앞에 새로 생긴 케이크 가게에서 케이크를 사서 클리닉으로 갔다.

시간은 오후 2시. 오후 진찰을 시작하기 한 시간 전이다.

케이크 상자를 건네며 말했다.

"괜찮다면 이거 먹어요. 그럼."

"왜 그렇게 서둘러서 가요. 차라도 마셔야지" 하고 사오리 선생님이 웃었다.

아무도 없는 대기실에서 준 선생님과 사오리 선생님과 탁자에 둘러앉았다.

"음, 맛있네."

준 선생님이 말했다.

"정말 맛있다."

사오리 선생님도 케이크가 마음에 든 것 같았다.

"다행이다."

나는 사오리 선생님이 내준 허브 차를 마셨다.

"진찰이 필요해요? 그럼 오후에 빈 시간도 있는데."

준 선생님이 내 얼굴을 살피며 말했다. 이 두 사람에게는 뭘 숨길 수 없다고 매번 생각한다.

"그 정도는 아니에요. 잠도 잘 자고 공황을 일으킨 것도 아니니까"라고 말하면서도 나는 딸인 메이와 있었던 일을 그 자리에서 털어놓았다. 준 선생님이 말했다.

"내가 따님과 한번 말해볼까요? 준 씨의 병에 관해서."

"아니에요, 아마 딸은 가게에 다시는 오지 않을 테니까."

"준 씨, 그래도 괜찮겠어요?"

사오리 선생님이 찻잔을 손에 들고 물었다.

"인제 와서 딸을 볼 낯이 없는걸요."

준 선생님이 입을 열었다.

"그래도 따님은 준 씨를 만나러 일부러 왔잖아요? 가게까지 찾아내서."

그 말을 듣자 가슴이 또 삐걱거리는 것처럼 아팠다. 가게 문을 열 때까지 얼마나 용기가 필요했을까.

"딸한테는 고향에 엄마가 있어요. 내가 끼어들 자리는 없어요."

"두 명이 있어도 괜찮잖아요." 사오리 선생님의 목소리가 아주 조금 커졌다.

"엄마가 둘 있는 게 뭐 그렇게까지 특이한 일인가. 그건 잘못이 아니잖아요." 준 선생님이 기지개를 켜며 말했다.

"하지만 나는 엄마 자격이 없어요."

"자격이 없으면 엄마가 될 수 없을까?" 사오리 선생님이 내 얼굴을 들여다보며 말했다. 준 선생님이 그 말을 받았다.

"준 씨는 최선을 다해 키우려다가 마음이 병든 거예요. 육아하면서 마음이 병드는 엄마는 셀 수 없이 많아요."

"그래도 아이를 두고……."

"따님을 살리려고 그런 거잖아요. 준 씨는 그때 할 수 있는 최선을 한 거야." 사오리 선생님이 내 등을 쓸어주며 말했다. 솔직히 말하면 당장이라도 두 사람 앞에서 소리 내 울고 싶었다.

"미안해요……. 쉬는 시간인데 진찰을 받았네."

"괜찮아요. 이렇게 맛있는 케이크도 먹었고." 사오리 선생님이 코에 주름을 잡으며 웃었다.

"준 씨, 오늘은 곧장 집에 가서 푹 자는 게 좋겠어요. 아무것도 생각하지 말고 일단 누워요." 그렇게 말하는 준 선생님과 사오리 선생님의 배웅을 받으며 나는 시이노키 마음 클리닉을 나섰다.

나는 어질러놓은 곳이나 지저분한 곳에 시선을 주지 않고 이른 저녁부터 침대에 파고들었다. 오늘은 일단 준 선생님과 사오리 선생님이 시킨 대로 푹 자야지. 금방 깊이 잠들었고 몇 번쯤 꿈을 꿨다. 그 요람에서 메이가 자고 있다. 내가 산 등나무 요람이 아니라 베르트 모리조의 그림 속, 베일이 드리운 그 요람이다. 메이는 그 안에 누워 쌕쌕 차분한 숨소리를 내고 있다. 꿈속에서 나는 메이를 버린 엄마가 아니었다. 메이는 내 곁에서 자라 유치원에 들어가고 초등학생이 되고 중학생이 되었다. 나는 '찻집 준'의 주인이 아니라 한 아이의 엄마로서 인생을 살았다. 가능했을지도 모르는 또 하나의 인생이라고 생각한 시점에서 눈이 떠졌다. 눈가에서 눈물이 흘렀다. 입고 있던 셔츠 소매로 눈물을 훔쳤다. 소매에서 커피 향이 났다. 아무리 빨아도 스며들어 있는 커피향. 나는 이렇게밖에 살 수 없었다.

침대에서 빠져나와 책상으로 갔다. 아직 저녁 8시 전이었다. 컴퓨터 앞에 앉아 전남편에게 메일을 썼다. 메이가 가게에 온 사실을 간결하게 썼다. 송신. 잠시 후, 스마트폰이 울렸다. 급하게 귀에 댔다.

"지금 괜찮아?"

19년 만에 듣는 목소리였다. 역시 목소리도 나이를 먹었다. 나 역시 그럴 것이다.

"메일 보내줘서 고마워. 당신도 많이 놀랐겠어."

"……"

무슨 말을 해야 할지 몰라 나는 입을 다물었다.

"당신이 사는 동네나 가게, 적당한 때가 오면 내가 말할 생각이었어. 그래도 당신 가게가 어딘지 조사하면 바로 알 수 있는 시대니까."

나는 메이가 그의 편지를 훔쳐봤다고 말하지 않았다. 나는 묻고 싶었던 것을 물었다.

"내가 메이, 씨와 만나도 괜찮을까?"

"……."

긴 침묵이 흘렀다. 전화 너머로 다른 가족의 기척은 없었다. 어쩌면 아직 회사에 있는지도 모른다.

"메이가 갑자기 도쿄 대학에 가고 싶다는 말을 꺼낸 것도 당신이 거기 있는 걸 알았기 때문일 거야. 그 일로 엄마와 조금 다퉜어. 아, 그냥 평소 하는 말다툼이고 대단한 건 아니었지만……. 당신이 그 일에 책임을 느끼지 않았으면 해."

"……응."

"메이가 만나고 싶다고 하면 만나주지 않겠어? 불편하지 않다면."

"불편하다니, 그럴 리가……."

"불안할 거야. 아는 사람 하나 없는 도쿄에서. 메이에게는 진학보다 당신과 만나는 게 상경 목적이었을 테니까. 다시 말하는데, 우리는 전혀 걱정하지 마."

"……고마워."

머릿속에 그 마을이 아른거렸다. 그와 함께 메이의 탄생을 기뻐하고 육아에 전념했던 그 마을. 이미 완연한 겨울이겠지. 무거운 잿빛 구름에서 불현듯 떨어지는 진눈깨비 같은 차가운 비. 그 마을에 사는 그와 메이를 키워준 여성에게 마음속으로 가만히 고개를 숙였다.

메일 알림 소리가 났다. 전남편이었다. 메이의 주소와 전화번호, 메일 주소가 적혀 있었다. 나는 그에게 고맙다고 답을 보내고, 메이에게 메일을 썼다.

길고 긴 메일. 읽고 지워버려도 괜찮았다. 내가 왜 메이를 두고 집을 나왔는가. 어떤 식으로 받아들일지 모르겠다. 이러는 것도 내 이기적인 마음일지도 모른다. 마지막으로 '또 카페오레를 마시러 오렴'이라고 적었다. 메이와 만나고 싶었다. 지금 당장. 아니, 한 번 더. 메일을 보내자 깊은 한숨이 나왔다. 인터넷에서 베르트 모리조의 '요람'을 검색했다. 아버지에게서 받은 그림엽서는 잃어버렸다. 그림은 바로 검색되었다. 포스터도 판매 중이다. 이 그림을 가게의 제일 좋은 곳에 장식해야지. 아버지가 나와 메이 사이를 연결해줄 것만 같았다.

'요람' 포스터는 금방 도착했다. 나는 액자에 넣어 창가 벽에 걸었다.

바로 그다음 날, 미오 씨가 아르바이트 인원을 늘려달라고 부탁했다. 곧 취업 활동을 시작해야 한다고 했다.

"이유가 정말 그것만이야?"

"저도 쭉 여기에서 아르바이트하면서 준 씨랑 같이 파르페를 만들면 좋겠지만, 취업하지 않으면 도쿄에서 먹고살 수가 없어서요!"

"그래도 파르페 주문이 한꺼번에 들어와서 일손이 부족하면 어쩌지?"

"그럴 때는 이게 있으니까 괜찮아요!"

미오 씨가 노트 한 권을 내밀었다. 표지에 커다랗게 '찻집 준 아르바이트 매뉴얼'이라고 적혀 있었다.

"언제 이런 걸……."

페이지를 넘겼다. 파르페 만드는 법을 그림으로 설명했다. 손님 대하는 법이나 가게 내부나 화장실, 직원실을 청소하는 법까지. 새로 들어온 아르바이트생에게 이걸 보여주면 확실히 내 부담은 적어진다. 그날 가게 밖에 아르바이트 모집 공고를 붙였다. 시급이 그다지 좋지 않아서인지 한참 지나도 응모가 없었다. 찻집 아르바이트는 예상외로 중노동이고, 손끝도 야무져야 한다. 배부른 소리를 하자면, 미오 씨 같은 친구가 와주면 고마울 것이다.

공고를 붙이고 2주쯤 지났을 무렵이다. 저녁 6시가 넘어 딸랑 소리를 내며 문이 열리고 메이가 긴장한 표정으로 들어왔다.

"저기…… 아르바이트, 아직 모집하나요?"

"네. 물론이죠!" 입을 다문 나 대신 미오 씨가 대답했다.

어쩌면 메이가 오지 않을까. 그런 생각을 안 했다고 하면 거짓말이다. 그러나 그날 밤 보낸 메일에 답변도 없었다. 엄마인 내게 실망해서 두 번 다시는 여기 오지 않을 줄 알았다. 오랜만에 본 메이는 머리를 짧게 잘랐고, 연하게 화장도 한 것 같았다. 손님이 거의 없어서 안쪽 테이블 자리에서 면접을 봤다. 또박또박한 글씨로 이력서를 적어 왔다. 메이 맞은편에 미오 씨와 나란히 앉았다.

"왜 우리 가게에서 아르바이트를 하고 싶으세요?" 미오 씨가 물었다.

"……좋아하는 사람이 커피를 좋아해서, 저도 커피를 좋아하고 싶어졌어요."

남자 친구일지 문득 궁금했다. 그런 일이 있어도 이상하지 않다.

경력란에 대형 커피 프랜차이즈에서 일한 경험이 있다고 적혀 있었다.

"이 아르바이트는 얼마나 했나요?" 내가 물었다.

"도쿄에 온 후부터여서 반년 조금 넘게요."

메이도 긴장했다. 그다음으로 일주일에 며칠 일할 수 있는지, 밤에 몇 시까지 할 수 있는지 등 무난한 질문을 메이에게 했다.

"그럼 우리가 조만간 스마트폰 쪽으로 연락할게요."

미오 씨가 그렇게 말하고 메이를 돌려보냈다.

"저 친구라면 틀림없이 괜찮을 거예요!" 미오 씨가 강력하게 주장했다.

"미오 씨가 그렇게 말한다면……."

나도 조금 망설였지만 동의했다. 메이 이외에 지원자도 없었으니까. 그렇게 생각하는 한편으로 그때 나는 비명을 지르고 싶을 정도로 기뻤다. 메이와 같이 일할 수 있다. 메이가 오기 전날에는 기쁘고 기대에 차서 잠도 못 잘 정도였다.

그렇게 아르바이트 첫날.

"오늘부터 모쪼록 잘 부탁드립니다." 메이가 인사하며 고개를 깊이 숙였다.

메이는 익숙한 손놀림으로 테이블을 닦고 주문을 받았다. 확실히 음식점 아르바이트에 능숙해 보였다. 문 닫을 시간 직전에 미오 씨가 와서 메이에게 파르페 만드는 법을 가르쳤다. 둘이 같이 카운터 안으로 들어가서, 미오 씨의 지도를 받으며 메이가 파르페 글라스에 아이스크림, 파운드케이크 조각, 콘플레이크, 생크림을 순서대로 넣었다. 마지막으로 작은 마시멜로를 뿌리고 오렌지와 딸기, 민트 잎으로 장식했다. 시간이 걸렸지만 제법 파르페 비슷한 것이 만들어졌다. 언제 준비했는지 미오 씨가 완성된 파르페 위에 산타 설탕 과자를 얹었다.

"크리스마스까지 이걸 잊으면 안 돼."

미오 씨가 강조했다.

"그럼 저는 다른 일이 있어서요." 그러면서 미오 씨가 허둥지둥 나갔다. 그 모습을 보며 혹시 준 선생님이나 사오리 선생님이 미오 씨에게 뭔가 말했을지도 모르겠다고 생각했다.

완성된 파르페가 카운터 위에서 서서히 녹기 시작했다.

"우리가 먹을까?" 메이에게 말하며 길쭉한 파르페 스푼을 건넸다. 둘이 교대로 파르페를 먹었다.

"맛있다." 메이가 웃었다. 입가에 아이스크림이 묻었다. 내가 종이 냅킨으로 닦아주었다. 메이가 가게를 쭉 둘러보았다. 안쪽 테이블 자리에 연배 있는 여성 둘이 있을 뿐이다. 그래도 메이는 목소리를 낮춰 말했다.

"있잖아…… 아니, 부탁이 있습니다." 쑥스러운지 시선이 내 얼굴을 비껴갔지만, 다시 나를 보고 말했다.

"나한테 커피 만드는 법을 가르쳐주면 좋겠어요. 그러면 가게 일, 조금은 쉴 수 있잖아요, 준 씨…….”

메이는 엄마라고 하지 않았다. 준 씨, 그걸로 좋았다. 메이의 엄마는 그 마을에 살고 있는 엄마다. 나는 벽의 그림에 문득 시선을 주었다. ‘요람’ 속 여성은 베일 너머에서 잠든 아기를 바라보고 있다. 나는 메이의 손을 한 번 꼭 쥐었다. 그 손은 매끈하고 따뜻했다. 아기 시절, 얼굴 옆에 꼭 쥐고 있던 앙증맞은 주먹이 생각났다.

“그럼 맛있는 커피를 만드는 법을 알려줄게. 아, 그 전에.”

메이를 직원실로 데리고 갔다. 안쪽에 놓아둔 아버지 사진을 보여주었다.

“우리 아버지야. 우리 가게를 만든 분이지. 커피를 만들기 전에 꼭 기도해야 한다.”

“우리 할아버지.” 메이가 액자 앞에서 하얀 손을 모았다. 가게로 돌아오자, 테이블 자리에 앉았던 여성이 계산하려고 기다리고 있었다.

“기다리시게 해서 죄송합니다.” 메이가 허둥지둥 계산을 마쳤다. 나는 가게 문에 ‘close’ 팻말을 걸었다. 가게 밖에서 도쿄의 건조한 겨울 냄새가 났다.

“그럼 시작할까?”

메이와 둘이 카운터에 나란히 서서 커피 만드는 법을 가르쳤다. 가게 창이 김으로 뿌예졌다. 카운터 자리, 테이블 자리, 전부 손님이 없어서 가게 안에 나와 메이뿐이다. 그러나 따뜻한 이 가게 어딘가에 아버지가 있는 것 같았다. 나는 '요람' 그림을 한 번 더 본 다음, 메이에게 맛있는 커피를 만드는 법을 계속 가르쳤다.

에 필 로 그

"이제부터 취업 활동 때문에 바빠져서요!"라고 준 씨에게 말하고 아르바이트 일수를 줄였으나, 상상 이상으로 취업 활동은 순조롭지 않았다.

들어가고 싶은 곳은 어패럴 회사로, 옷과 관련된 일을 할 수 있다면 뭐든 좋았는데, 요즈음 같은 불경기에 어패럴 회사의 취업 문은 좁았다. 도쿄에 있을 수 있다면 어떤 일이든 좋다고, 내 안에서 하고 싶은 일의 문턱이 점점 낮아졌으나 대부분 그 문턱 앞까지 가지도 못했다. 어떻게든 면접까지 가도 "이번에는 아쉽지만……"이라는 메일을 받았고, 그때마다 내 마음은 심한 타격을 받았다.

우울증 때문에 1년간 휴학한 것이 역시 영향을 미쳤다고 생각하면, 인생에서 어마어마한 실점을 낸 것 같다. 지금은 대학에 입학했을 때처럼 잠을 못 자거나 밥을 못 먹는 일은 없다. 그러나 마음이 항상 100퍼센트 건강하다고는 할 수 없었다.

'찻집 준' 앞을 지나갈 때면 나도 모르게 발걸음이 빨라진다. 그래도 마음이 쓰여 몰래 창 너머로 안을 들여다보면 메이 씨와 준 씨가 보였다. 카운터 안에서 준 씨가 진지한 표정으로 커피를 만들고, 메이 씨가 파르페를 장식한다. 역시 두 사람은 모녀다. 얼굴이 많이 닮았다. 그 모습을 보면 이런 생각이 든다. 아르바이트는 아직 일주일에 한 번쯤 나가고 있지만, 이제 저곳에 내가 있을 곳은 점점 사라지는구나. 그러면 취업 활동을 하면서 손님으로 다녀도 된다고도 생각했는데, 다음에 저 익숙한 카운터에서 커피를 마실 때는 준 씨에게 좋은 소식을 알리고 싶었다.

앞을 보다가 사람과 부딪칠 뻔해 "죄송합니다" 하고 고개를 숙인 채 지나가려고 했는데, 그 사람이 내 팔을 붙잡았다. 뭐지, 싶어 고개를 들자 사오리 선생님이었다. 옆에 준 선생님도 있었다.

"준 씨 가게에 가는 중이야. 미오 씨, 같이 가지 않을래요?

지금 집에 가는 중이죠?"

"네? 아, 저기……."

"얼굴 보니까 저녁 아직 안 먹었나 본데? 우리가 살 테니까 같이 먹어요. 우리도 배가 너무 고프거든." 그러면서 준 선생님이 배를 쓰다듬었다.

사오리 선생님이 내 팔을 가볍게 잡은 채로 '찻집 준'으로 가 문을 열었다.

"어서 오세요." 준 씨와 메이 씨가 고개를 들었다.

"어머, 셋이 같이 오다니 웬일이야. 자, 얼른 이리 와요." 준 씨가 우리를 테이블 자리로 안내했다. 메이 씨가 물잔과 메뉴를 가지고 왔다. 일련의 동작이 과하거나 모자라지 않게 익숙해서 이제 내가 가르칠 게 없겠다는 생각이 문득 들었다.

"뭐든 먹고 싶은 거 먹어요. 나는 스튜 세트." 준 선생님이 말했다.

"나는 햄버거 샌드위치랑 카페오레랑 후식 파르페." 사오리 선생님이 말하자, 내 배가 꼬르륵 소리를 냈다.

"미오 씨도 같은 거 먹을 거지?" 내 얼굴을 보고 사오리 선생님이 웃었다.

준 선생님도 사오리 선생님도 내게 "취업 활동은 어때?"

나 "잘돼가요?"라는 말을 한마디도 하지 않았다.

준 씨가 "미오 씨, 아르바이트하는 날 아니면 전혀 가게에 얼굴도 안 비치고"라며 농담 삼아 화난 얼굴을 하고 모두의 요리를 가지고 왔다. 내가 도우려고 하자 "손님은 앉아 계세요"라며 이번에는 진심으로 화를 냈다.

"뭔가 달라지거나 걱정거리가 있으면 바로 와야 해요."

사오리 선생님이 그렇게 말하며 햄버거 샌드위치를 야금야금 먹었다. 그 말을 듣자 눈물이 날 것 같았지만 꾹 참았다. "네" 하고 간신히 대답했다. 요리를 거의 다 먹을 즈음, 메이 씨가 긴장한 표정으로 파르페 두 개를 가지고 왔다. 어디 하나 실수 없이 가르쳐준 그대로였다. "맛있어!" 나와 사오리 선생님이 동시에 말하자, 메이 씨가 부끄러운 듯이 웃었다. 이 가게에 와서 준 선생님과 사오리 선생님과 함께 밥을 먹자, 조금 차가워졌던 마음이 따끈따끈해졌다.

내일도 면접이 하나 있다. 옷을 만드는 회사가 아니라 패밀리 레스토랑 회사다. 솔직히 말해서 지망하는 곳 이외의 회사에는 가기 싫다. 그러나 앞으로 도쿄에 남아 혼자 먹고 살려면 일을 고를 수 없다는 걸 알고 있다. 한때는 엄마 혼자 사는 고향에 돌아가는 방법도 생각했다. 그러나 그 동네에는 일자리가 없다. "공무원이 되거나 간병사가 되는 거 말곤 길이 없어"라는 말을 동네 친구에게 듣고, 역시 나는 어떻게든 도쿄에서 살고 싶다고 생각했다.

가능하면 정규직으로 어패럴 이외의 회사든 뭐든 좋으니까 일을 배운 다음, 내가 하고 싶은 의상 디자인에 한 번 더 도전하겠다고 다짐했으나, 또 멀리 돌아가는 꼴이라고 생각하기도 한다. 조금만 시간이 생기면 그런 생각만 곰곰이 하게 된다. 벌써 시간이 이렇게 됐다. 목욕하고 빨리 자야지, 하고 욕조에 물을 받는데 스마트폰이 울렸다. 메이 씨가 보낸 라인 메시지였다.

'준 씨가 가게 앞에서 크게 넘어져서. 지금 병원에 다녀와서 준 씨 집에 있는데요…….'

으아악. 나는 '지금 바로 갈게'라고 답하고 준 씨의 집으로 갔다.

"아니, 호들갑 떨 정도는 아니야"라고 말하며 준 씨가 지팡이를 써서 일어나려고 했다. 뒤에서 메이 씨가 잡아줬는데 비틀거리다가 금방 의자에 앉았다.

"지팡이를 쓰면 어떻게든 서 있을 수 있어." 준 씨는 주장했지만, 그 모습으로 보아 평소처럼 가게에서 부지런히 일할 수는 없으리라.

"가게는 한동안 쉴 수밖에 없겠어. 지팡이 없이 걷기까지 2주쯤 걸린다고 하니까."

"엇⋯⋯."

손님들의 얼굴이 떠올랐다. 매일 아침 커피를 마시러 오는 할아버지와 할머니, 집안일을 마치고 오는 주부, 퇴근길에 들르는 회사원, 주말이면 파르페를 먹으러 오는 젊은 커플⋯⋯. 다들 얼마나 실망할까. 게다가 2주간 문을 닫아야 하면 '찻집 준'에도 큰 손실일 것이다. 커피라면 준 씨 수준에는 못 미쳐도 메이 씨도 나도 만들 수 있다.

"준 씨, 2주간 저랑 메이 씨한테 가게를 맡기시면 어때요?"

"뭐?"

"내일부터 맹훈련할게요. 저랑 메이 씨, 준 씨와 비슷하게 커피를 만들 수 있게 노력할게요."

메이 씨가 나를 보고 고개를 끄덕였다.

"하지만 미오 씨, 취업 활동은⋯⋯."

"⋯⋯사실은⋯⋯ 영 안 풀려서요. 가기 싫은 회사에서 하기 싫은 일을 하는 것보다 '찻집 준'에서 아르바이트하면서 직장을 찾는 방법도 있을 것 같아서⋯⋯ 준 씨, 그러면 안 될까요?"

"그야 나는 미오 씨가 있어주면 든든하지만……."

"메이 씨도 있으니까요, 저도 힘낼 수 있을 것 같아요."

"그건 고마운데, 학업과 취업 활동을 최우선으로 해야 해. 부탁이야."

"네." 메이 씨와 내가 동시에 대답했다.

그리하여 다음 날부터 나와 메이 씨의 맹훈련이 시작되었다. 가게는 수요일이 휴일이니까 그다음 날인 목요일을 하루 임시 휴무로 잡았다. 이틀간 나와 메이 씨는 조금이라도 준 씨를 따라잡아야 한다. 가게를 닫아도 손님들 몇 명이 창문으로 안을 들여다보았다. '찻집 준'이 이 동네에 든든히 뿌리를 내렸다는 증거였다.

준 씨를 카운터 뒤쪽 의자에 앉히고 커피 만드는 법을 지도받았다. 준 씨가 시키는 대로 해도 준 씨처럼 맛있는 커피를 만들지는 못해 어딘지 맛이 허전했다. 메이 씨도 나처럼 도전했으나 "미오 씨처럼 잘 못하겠어요"라며 울상을 지었다. 그렇다면 내가 할 수밖에 없다. 하루 동안 커피를 몇 잔이나 만들었을까. 점심도 먹지 않고 커피를 만드는 데 집중했다. 다리도 허리도 아팠다. 몇 군데 데기도 했다. 내 옆에서 메이 씨가 푸드 메뉴의 재료를 준비했다.

"이 정도라면 대충 80점"이라고 준 씨가 말해준 것은 날도 완전히 저문 저녁 8시쯤이었다. 후우, 하고 가슴 깊은 곳에서 안도의 한숨이 나왔다. 나는 복습하는 의미를 담아 마지막으로 커피를 만들었다.

"이거라면 90점." 준 씨가 조금은 안도한 표정으로 말했을 때, 어깨에 올라간 짐이 내려간 기분이었다.

가게를 열기 전에는 직원실 안쪽에 있는 준 씨 아버지의 초상화에 그날 처음으로 만든 커피를 올리고, 오늘 하루를 부디 무사히 보내기를 바라며 합장했다.

"준 씨의 커피도 맛있는데 미오 씨의 커피도 맛있어."

인사치레인 줄 알면서도 손님이 그렇게 말하면 기뻤다. 준 씨는 계산대 뒤쪽에 의자를 놓고 계산을 맡으면서 나와 메이 씨에게 지시했다. 반나절 아르바이트를 한 적은 있는데, 아침부터 밤까지 가게에 있었던 적은 없다. 그게 얼마나 중노동인지 처음 알았다. 준 씨는 이 일을 10년이나 해왔다. 힘내야 한다고 생각하면서도 나도 메이 씨도 쉬는 시간에는 직원실에 축 늘어졌다. 오늘 같은 평일은 그나마 낫다. 파르페 손님이 많은 주말 오후를 어떻게 할지가 문제다.

가게 문을 닫고 준 씨와 상담했는데, "가게를 무리해서 열지 않아도 돼"라고 힘없이 말했다.

"그래도 파르페를 먹으러 멀리서 오는 손님도 있으니까요……. 내일 토요일 오전만 쉬고 오후부터 열면 어떨까요? 일요일은 분발해서 아침부터 열면……." 메이 씨가 말했다.

그 말을 듣고 내가 말했다.

"그렇지! 사오리 선생님한테 오후부터 도와달라고 하죠? 예전에 도운 적이 있다고 했으니까요. 토요일 오후와 일요일은 진찰도 없고."

"그렇게까지 폐를 끼칠 순 없지!" 그런 소리를 하는 준 씨 옆에서 곧바로 사오리 선생님에게 라인 메시지를 보냈다. 이미 진찰 시간도 끝났을 때였다. 답변이 바로 왔다. 곰 이 모티콘. 알겠습니다, 라는 말과 함께 곰이 춤췄다.

"도와주신대요."

내가 말하자 "말도 안 돼!" 하고 준 씨가 울 것 같은 표정을 지었다.

"제가 약해졌을 때 준 씨가 도와주셨잖아요. 사오리 선생님도 준 씨의 도움을 많이 받았다고 하셨어요. 차례대로 하면 되죠. 곤란할 때는 서로 돕는 거예요."

내가 준 씨나 사오리 선생님이나 준 선생님에게 배운 것이었다.

그렇게 토요일 오후, 준 씨와 메이 씨와 나, 사오리 선생님과 준 선생님(설거지를 맡겠다고 왔다) 다섯 명이 가게를 열었다.

"미오 점장님, 모쪼록 잘 부탁합니다!" 사오리 선생님과 준 선생님이 인사했다.

"뭐든 다 하겠어요!" 준 선생님은 얼마나 의욕이 넘치는지 모른다. 불안해져서 준 씨를 봤는데 "오늘은 미오 씨가 점장이니까" 하고 다짐받았다. 나도 "네!" 하고 진지하게 고개를 끄덕였다. 가게를 열고, 메이 씨와 둘이 셀 수 없을 만큼 파르페를 만들고 커피를 만들고 사오리 선생님에게 서빙을 부탁했다. 준 씨는 모두를 지켜보며 "정말 미안, 정말 미안해"라며 계산대 뒤에서 움츠러들었는데, 내가 "준 씨, 그 말도 이제 금지예요!"라고 말하자 "네!" 하고 고개를 떨구며 대답했다.

나는 접시를 깨뜨린 준 선생님을 혼내고, 주문 실수를 한 사오리 선생님을 혼냈다. 그럴 주제가 아니라고 생각하지 못할 정도로 바빴다. "정말 미안해!" 두 사람이 잔뜩 움츠리며 사과했다. 누가 위든 아래든, 연상이든 연하든 관계없었다. 다리는 역시 막대기처럼 굳었고 몸은 지칠 대로 지쳤지만 왠지 즐겁고 기뻤다. 이런 기분은 오랜만이었다.

트러블이 잔뜩 있었어도 우리 다섯 명은 어떻게든 주말 이틀을 넘겼다. 앞으로 한 번 더, 사오리 선생님과 준 선생님에게 주말을 도와달라고 부탁하면 준 씨의 다리가 나을 때까지 어떻게든 할 수 있을 것 같았다.

사오리 선생님이 말했다.

"이제 이 가게, 미오 씨랑 메이 씨 둘이서 충분히 할 수 있겠어. 준 씨, 좀 더 쉬죠?"

"무슨 소리예요! 미래가 있는 두 사람한테 그런 부탁은 못 하죠. 미오 씨도 메이도 하고 싶은 일이 있으니까."

"저는 얼마든지 하고 싶은걸요." 그렇게 말했을 때, 스마트폰이 진동했다. 메일이 왔다. 들어가고 싶었던 어패럴 회사의 2차 면접 안내였다.

"앗!"

모두 나를 봤다.

"죄송합니다……. 저는 아직 하고 싶은 일이 있어요. 2차 면접에 가야 해요……."

"그야 당연하지. 언제까지 이런 가게에 묶어둘 수 없는 걸." 준 씨가 말하자 메이 씨가 "나는 아직 있을래요!" 하고 대답했다.

"나도 기분 전환으로 아르바이트하고 싶어요. 그런데 준 선생님은 재능이 없네." 사오리 선생님의 말에 다 같이 웃었다. 그날은 메이 씨 이외에 모두가 와인을 조금 마셔서 즐거운 밤이었다.

준 씨의 다리는 순조롭게 회복돼 2주 후에는 '찻집 준'이 원래 모습으로 부활했다. 나는 2차 면접을 무사히 마쳤고, 최종 면접까지 갈 수 있었다. 이제 합격 여부를 기다릴 뿐이다. 역에서 돌아오는 길, 나는 새삼스레 '찻집 준' 건물을 바라보았다. 벽돌로 지은 오래된 이층집. 외벽에 종횡무진 뻗은 덩굴. 오늘은 정기 휴일이니까 어느 창문에도 불이 켜지지 않았다.

나는 곧장 걸어 시이노키 마음 클리닉으로 갔다. 오늘은 진찰받을 예정이 없다. 그래도 꼭 여기에 오고 싶었다. 지금은 잠들지 못하는 일도, 마음이 불안해서 흔들리는 일도 없다. 건강한 내가 고마웠다. 이 마을에 있는 두 군데, 내가 머물 수 있는 곳. 도쿄에 온 지 5년. '찻집 준'과 시이노키 마음 클리닉이 있기에 지금까지 살 수 있었다. 도움을 받은 건 나였다.

갑자기 문이 열리고, 사오리 선생님이 환자를 배웅하러 밖으로 나왔다. 나는 어째선지 전봇대 뒤에 숨었다. 환자를 배웅한 뒤, 사오리 선생님의 작은 등도 문 너머로 사라졌다.

1층 상담실의 불이 꺼졌다. 저 방에서 사오리 선생님이 내 말을 들어준 것이 아주 오래전 일 같았다. 어둡고 조용한 마당에 허브의 가지가 흔들렸다. 그때 스마트폰이 진동했다. 엄마에게서 온 라인 메시지였다.

'미오, 건강히 잘 지내니?'

나는 반사적으로 곰 이모티콘을 보냈다. 잘 지내요, 하고 곰이 폴짝거린다. 눈물로 곰 일러스트가 일렁거렸다. 다시 스마트폰이 진동했다.

'미오, 취업 활동은 어떠니? 다음에 또 도쿄에 갈 테니까 내 불평을 들어주라!'

친구 하루나의 메시지였다. 나는 알겠습니다, 하고 손을 흔드는 곰 이모티콘을 보냈다. 스마트폰을 주머니에 넣었다. 그럴 리 없는데, 왠지 스마트폰이 포근포근 따뜻하게 느껴졌다. 도쿄에서든 어디서든 내가 머물 수 있는 곳이 있고 다른 사람과 연결된다면 나는 살아갈 수 있을 것이다. 깎은 손톱처럼 가느다란 달이 하늘에 반짝였다. 그 희미한 빛을 받으며 집을 향해 천천히 걸었다.

참고문헌

오자키 노리오 감수,《별책 NHK 오늘의 건강 이해하기 쉬운 우울증 진단과 치료, 주변의 대처와 돕는 방법(別册NHKきょうの健康 よくわかるうつ病 診断と治療、周囲 の接し方·支え方)》, NHK출판

사카키바라 요이치·다카야마 게이코 지음,《도감. 이해하기 쉬운 어른의 ADHD(주의력결핍 과잉행동장애)(圖解 よくわかる大人のADHD(注意欠陷多動性障害))》, 나쓰메사

미시마 가즈오 지음,《만족스럽게 잠을 자는 올바른 방법. 불면 고민을 해결하는 책(滿足のいく眠りのための正しい方法 不眠の悩みを解消する本)》, 호켄

야마다 가즈오 지음,《최신판 공황장애를 치료하는 방법을 알려주는 책(마음 건강 시리즈)(最新版 パニック障害の治し方がわかる本(こころの健康シリーズ))》, 주부와생활사(윤은혜 옮김, 하태현 감수,《공황장애의 예방과 치료법》, 하서출판사)

* 산업의이자 정신과의 이노우에 도모스케 선생님께 감수받았습니다. 이 자리를 빌려 깊은 감사 인사를 드립니다.

옮긴이의 말

작가 구보 미스미는 2009년 단편 〈미쿠하리〉로 제8회 '여성에 의한 여성을 위한 R-18 문학상'을 받으며 일본 문단에 데뷔했다. 이 수상작이 실린 소설집 《한심한 나는 하늘을 보았다》(포레, 2011)는 현재 절판되었는데, 제159회 나오키상 후보작이었던 《가만히 손을 보다》(은행나무, 2019)와 제167회 나오키상 수상작인 《밤하늘에 별을 뿌리다》(시공사, 2023)는 서점에서 만나볼 수 있다. '만날 수 있는 구보 미스미'에 이 작품 《시이노키 마음 클리닉(원제: 夜空に浮かふ缺けた月たち(밤하늘에 뜬 조각달들))》을 추가할 수 있어서 기쁘다.

이 작품을 간단히 표현하면, 마음이 힘겨운 사람들에게 담담한 위로와 공감을 전하는 이야기라고 할 수 있다. 원제는 어딘가가 부족하고 이지러진 달로 마음을 다친 사람들을 비유해 조각달이어도 괜찮다는 의미를 전한다. 한국어판은 작중에서 사람들을 치유하는 기점이 되는 '시이노키 마음 클리닉'을 제목으로 가지고 와서 '당신 곁을 지키며 도와주는 사람이 있다'는 격려를 전한다.

시이노키 마음 클리닉은 정신과 의사인 시이노키 준과 상담사인 시이노키 사오리 부부가 운영하는 병원이다. 편견이 겠지만 정신과 병원이라고 하면 빌딩에 입점한 세련된 공간이 떠오른다. 그런데 이곳은 도쿄의 한적한 마을에 있는 단독주택으로 살림집이자 병원이다. 마당에는 허브가 자라고, 편안한 소파에 앉아서 편하게 대화를 나눌 수 있다. 준 선생님과 사오리 선생님은 생활하는 냄새가 나는 클리닉에서 환자들을 기다린다.

이곳을 찾는 환자들은 평범하다. 자꾸만 의욕적인 주변 사람들과 자신을 비교하게 되는 대학생, 일이나 일상에 집중하지 못하는 새내기 일러스트레이터, 스스로 깎아내리는 사랑에만 집착하는 회사원, 출산과 육아를 겪으며 우울증에 걸린 여성…… 주변에 있을 법한 사람들이고, 어쩌면 나 자신일지도 모른다. 그들은 어떻게든 삶을 꾸려가려고 고군분투하지만, 자기 자신을 몰아붙이다가 괴로워한다. 다행히 그들은 적절한 때 시이노키 마음 클리닉과 만나 차츰차츰 회복된다. 준과 사오리 선생님은 환자들에게 힘들 때는 천천히 가도 된다고, 잠깐 멈춰도 괜찮다고 말한다. 흔하게 듣는 말인데도 두 선생님의 말에는 진심이 담겼다. 그들 또한 힘든 일을 겪었던 사람들이기 때문이다.

살다 보면 꺾일 때도 있고 고꾸라질 때도 있다. 그럴 때,

기댈 수 있는 곳이 있다면 얼마나 든든할까. 나만 제자리걸음을 걷는 것 같더라도 언제든 다시 시작할 수 있다. 또 넘어지더라도 다시 일어날 수 있다. 어렴풋할지 몰라도 미래에 희망을 품을 수 있다면 혼자 괴로워하지 않아도 된다.

지역에 따라 다를 테지만, 요즘은 정신건강의학과를 흔히 볼 수 있고 이용하는 사람도 많다고 한다. 성인 ADHD가 일반적으로 쓰는 용어가 되었고, 인터넷에서 자가 진단 사이트도 찾을 수 있다. 예전보다 마음 돌봄에 열린 세상이 된 것 같다. 힘들어하는 사람에게는 폭력적으로 들리는 말들, 노력이 부족하다거나 죽을 각오로 해야 한다는 소리가 예전보다는 덜 들리는 듯하다. 다행이다. 혹시 너무 힘든데 주변에 도움을 청하기 주저하는 사람이 있다면, 이 이야기가 작은 용기가 되면 좋겠다.

작중에서도 중요하게 다뤄지는데, 작품의 소제목은 유명한 그림이다. 번역하는 동안 해당 그림을 인터넷에서 찾아 모니터에 띄워놓곤 했다. 이야기와 함께하며 그림을 보니 왠지 모르게 마음이 편해졌다. 그림과 함께하는 독서도 추천하고 싶다.

이소담

시이노키 마음 클리닉

1판 1쇄 발행 2024년 7월 15일

지은이 · 구보 미스미
옮긴이 · 이소담
펴낸이 · 주연선

(주)은행나무
04035 서울특별시 마포구 양화로11길 54
전화 · 02)3143-0651~3 ｜ 팩스 · 02)3143-0654
신고번호 · 제 1997—000168호(1997. 12. 12)
www.ehbook.co.kr
ehbook@ehbook.co.kr

ISBN 979-11-6737-294-9 03830